创意写作书系

成为作家

[美]多萝西娅·布兰德（Dorothea Brande）著
刁克利 译注

BECOMING A WRITER

中国人民大学出版社
·北京·

“创意写作书系”顾问委员会

译者序

作家是可以培养的

这是一套奇异的书。它教你成为作家。教你进行文学创作。

对于初学者，它教你如何起步，如何循序渐进，发现你的素材，改进你的写作技艺。

对于经验丰富的作家，它教你梳理你的思绪，完善你的技艺，保持长久的创作生命。

这是国内首次引进的关于创意写作的一套丛书，是关于文学创作的教科书和自学指导。首批选了四本，它们是：《成为作家》、《开始写吧！——虚构文学创作》和《开始写吧！——非虚构文学创作》，以及《小说写作教程：虚构文学速成全攻略》。这套书给我们提供了文学创作的全方位解决方案，包括成为作家的思想准备，以及不同文学种类的写作要素和方法训练。

四本书的作者都是美国作家，这些作家又都在大学里教授创意写作。这是他们的授课秘籍，是他们的经验总结。这是我们通常说的作家的创作秘密，难得与人分享的作家的“黑匣子”。

在翻看这些书之前，你肯定有疑惑，会提出很多问题。

比如，写作需要天才吗？作家是可以教出来的吗？文学创作需要什么天赋、才能和技艺？作家的“黑匣子”里到底隐藏着什么样的秘密？如果想自学写作，如何无师自通？如果有几个志同道合的人一起练习写作，如何相互促进？如果有一个作家班，该如何授课？

在阅读这套书的过程中，所有这些问题都会迎刃而解。

一

首先，书中经常出现的几个概念需要解释清楚。

英语中作家有两个含义：一个是创作的人，即“写作”（write）这个动词加一个后缀，变成做这个动作的人（writer），所以，作家就是愿意写作、能够写作、正在写作的人，与写作有关。在这几本书里，你会读到比如学生作家之类的词，即将来有可能成为作家、而现在的身份是在校学生的人。当然，也指任何从事写作的人，不管他的职业背景和身份是什么。换句话说，只要在写作，就可以被称为作家。所以，作家人人可为。另一个是我们熟悉的作家，是一种身份和职业，即主要靠写作为生的人，或者在写作上取得了成就、可以稳定以写作为业的人。

创意写作，英文为 creative writing，就是我们通常所说的文学创作。目前，英美国家很多大学普遍开设这一学位项目。研究生阶段一般学制两到三年，主要分为虚构与非虚构两种，也可以细分为诗歌、小说、散文、回忆录、剧本创作等具体方向。经过学习，毕业前提交一部独立创作的文学作品，根据学习方向，可以是一部小说，也可以是短篇小说集、一组诗歌、一部剧本、一组散文等，在作品前边阐述一下创作理念。经过答辩，可授予创意写作硕士学位（MFA in Creative Writing），MFA 即 Master of Fine Arts，直译过来是美学硕士，即把创意写作归入大美学这一学科门类之下，和绘画之类的美术创作，与制陶、雕塑之类的工艺美术，以及电影导演、制作等在一个学科门类。MFA 在美国属于创作终端学位，即等同于其他专业的博士学位。中国人民大学在 2006 年引进一位获得美国南加州大学英语创意写作学位的教师时，还专门进行过学位证书鉴定。

由于大学普遍开设有这种专门教授创意写作的学位，所以，美国当代作家几乎都获得了创意写作学位，从事文学创作属于科班出身。绝大多数的知名作家也都在大学任教于创意写作专业。这就形成了创作的传统和美国文学的特色。美国没有像我们国家这样的作家协会之类的机构，所以在大学任教成为绝大多数作家安身立命、专心写作的保障，同时也保障了文学传统的有序传承和创作质量的较高水准。这个学位近年来得到迅猛发展，在校人数众多。2006 年笔者到亚特兰大参加一年一度的美国作家和创意写作项目年会时，与会人数是4 900人，其中作家2 000人，创意写作研究生2 900人。2007 年纽约年会的与会人数达到7 000人，绝大多数还是创意写作的研究生和他们的导师。近年这个学位的录取比例大约在 4%，是非常难以申请的学位。申请者除了需递交和一般的学位申请相同的资料之外，还要递交自己的作品。

在英国和澳大利亚情况也基本相同。2009 年澳大利亚作家访问中国人民大学的时候，其中一位作家谈到，他所在的大学中有20名英语系的博士，其中12位通过创意写作获得博士学位。为了适应博士学位越来越多的现实，美国不少大学正在把这个学位提升为创意写作博士。

创意写作硕士研究生的学习方法主要是工作室（workshop）形式，这是一种注重实际应用的教学方法，即以导师组织学生创作和研讨自己写的作品为主。其教学内容主要围绕如何激发学生的创作热情，如何传授切实有用的创作经验，如何发展学生的创作个性而展开。教学目的是让学生创作出具有一定水准的文学作品。这套书中的《开始写吧！——虚构文学创作》和《开始写吧！——非虚构文学创作》就是美国当代最优秀的创意写作教师设计的写作练习，是他们的教案精选。

工作室不一定非要设在大学的课堂上。除了正规学制的学期教学，很多大学开设有各种形式的暑期作家工作室，有的社区还开设夜校工作室、周末工作室。授课方法是一样的，都是作家指导学员进行写作。通过学习和训练，学员把自己的经历变成可以分享的文学创作，写出自己的文学作品。所以，未能进入校园学习的人，只要热爱写作，也有机会参加各种创意写作工作室，以提高自己的写作能力。

举例来说，著名华裔作家汤亭亭开设了一个退伍老兵写作工作室，教退伍老兵写回忆录。她觉得这些老兵对战争比作家有更切实的体会，他们的写作更真实，更有说服力。还有一位美国退休的中学教师志愿到监狱里给犯人开设创意写作工作室，最后还结集出版了犯人写的作品。那些犯人承认，写作的经历让他们体会到了有生以来难得的身心安静，对自己的过去进行深刻反思的过程，好像重新活过一遍。还有一个女孩，她和人面对面地交流时，总是很害羞。但是，无论在朋友生日，还是大家聚会时，她总喜欢写一些诗歌，然后写在卡片上，塞到她朋友的口袋里或门缝里。这样，写作为她赢得了很多朋友。有一位退休的瑞典裔美国教授，老伴去世后，她悲痛欲绝。她开始回忆跟随曾经在联合国粮食署任职的丈夫一起到过的地方，比如日内瓦、罗马等；以及两人又分别辗转到美国一所大学任教的经历。那些一起度过的重要时刻，那些点点滴滴的记忆和哀思，她都写成了短短长长的诗行。

每个人都有自己的写作故事。这也说明，回忆录和传记也不是只有成就卓著的人才可以写。每个人都可以把自己的回忆和一生的经历作为创作的素材。其实，大作家的作品万变不离其宗，都是各种传记和回忆录的变体。关键在于，学会使用这些素材进行文学创作，就像一个人要学会从自己的经历中汲取人生的经验和做人的道理是一样的。写作的独特性在于：你的经验和道理可以与人分享。

自 20 世纪 30 年代以来，美国文学在世界上的影响力迅速增加，原因有多方面。其中一个重要的、以往很少被提及的原因是：其创意写作教育的普及造就了大量的、潜在的作家。很多人都具备了文学创作的能力。所以，美国作家的特点是职业背景多样，大多数人都是在经过了现实生活的历练之后将自己的经历转变成文学作品。

二

中国的创意写作亟待开展。国内已经有大学开始正式招收创意写作硕士，还有的大学成立了国际写作中心，将作家请进校园，登台授课。越来越多的人认识到文学教育的改革势在必行，专业作家制度的改革势在必行。

创意写作的开展提供了一个很重要的契机，即作家进驻校园，将自己的创作经验传授给青年一代。这样他们既可以在体制内继续生存，解决后顾之忧，又有利于文学传统的有序传承。然而，现在国内的作家在文学道路上大多是“自学成才”，对创意写作的学生如何授课？作家培养的理念如何深入人心？文学传统如何得到有序的传承？这些都可以从国外创意写作硕士项目的经验中获取有益的借鉴。

除了校园以外，还有人数更多的、爱好写作的人。从听童话传说开始，很多人就开始了自己的文学梦想。随着现实世界与文学世界发生冲突，很多人对文学失去了热情。为了表达对这个世界的体会和看法，很多人对文学依旧热情高涨。

这是一个想象力缺乏的时代。然而，最能带来惊喜的仍旧是与众不同的想象力创造的一篇文学作品、一部电影，或者对平常生活的不平常的创意。

这是一个文学似乎离现实生活渐行渐远的时代。同时，写作的人数比以往任何时候都多。很多人怀着梦想走入大学的课堂，更有难以计数的人活跃在网络上。

大多数人对文学创作感到困惑。因为他们认为作家必须具有天才，因为他们相信文学创作无从传授。

其实，我们每个人都有与生俱来的表达欲望。这就是写作的激情和动力。从这个意义上讲，每个人都是天生的作家。或者说，每个人身上都有作家的潜质。

为什么只有少数人成为了作家，而我们大多数人只把这个梦想藏在心底，渐渐淡忘，以至于彻底遗忘了呢？除了生活本身的际遇，除了对自己的怀疑和对作家的神秘感，很大的原因可能是，我们在根本没有理解写作的本质之前就已经放弃了文学的梦想。我们根本不相信创作的才能可以学习而来。或者，一个更为实际的原因是，我们根本没有机会和途径学习文学创作的理念、方法与技巧。

我们依然相信文学创作需要天赋。但事实上，我们也一定知道，没有人能靠灵感或天赋写作一辈子。即使天才的作家，一旦真正的写作开始，鸿篇巨制的创作也会是一种工作和劳役。很多作家的创作生涯可以延续很多年，除了我们羡慕的天分之外，他们一定有保持文学创作热情的良方。

这种良方可以传授。写作的乐趣和意义也可以分享。

三

什么人能成为作家？写作需要天才吗？作家是可以教会的吗？文学创作需要什么天赋、才能和技艺？作家的“黑匣子”里到底隐藏着什么样的秘密？《成为作家》就是从这些问题开始的。这本书出版于 1934 年，风行美国文学界近 80 年，是长盛不衰的经典。

作者多萝西娅·布兰德是美国作家和资深文学编辑。她以自己作为作家的切身经历和对众多作家朋友的亲眼观察，就我们对于作家的种种误解和对文学创作的不同误区进行了逐一澄清和阐发。

她首先指出作家天才论的误区，即认为“天才是教不出来的”这种错误认识。一个人能否进行文学创作，首先不是技巧上的问题，而是认识上的问题。她相信，写作确实存在一种神奇的魔力，而且，这种神奇魔力是可以传授的。这是她的信念，也是《成为作家》的立足点。随后，她提出来写作的四种困难：一个人究竟是否适合写作是首先要明白的问题；有的作家在写作一部成功之作后再无建树，她称之为一本书作者；有的作家作品发表的时间间隔过长，难以持续不断地进行高质量的写作；还有的作家擅写开头，主体部分却难以为继。她认为，这些都不是技巧问题，而是作家气质、心理、态度与性格本身的问题。

接下去，她分析真正的作家应该具有的气质。她认为，既成熟、没有偏见、温和而公正，又敏感和像孩子一样天真，这是作家性格的两个方面。如果你想成为作家，那要对自己性格中的这两方面进行训练。她提出了具体建议和训练方法。她还对作家的天赋进行了细致的心理学研究，提出释放天才的观点。所谓的“天才”正是那些能够比普通人释放更多的天赋，并在他们的生命及艺术创作中加以运用的人。在结论中她提出了几点实用的忠告。事无巨细，教诲谆谆，实在是作家的良师益友。

需要说明的是，在翻译过程中，对于书中论及的作家和文学术语，译者加了很多注释，除编码的脚注为原作者注文外，其余脚注均为译者后加，并用边栏对重点内容作了突出显示，希望能够有助于对本书内容的理解。

刁克利

2010 年 8 月

于中国人民大学

CONTENTS

目录

CONTENTS

目 录

CONTENTS

目 录

INTRODUCTION

前言

我生命中的大部分时间都致力于小说的写作、文学作品的编辑和批评。我一直严肃地对待小说创作，现在依然如此。小说在我们的社会中具有举足轻重的地位。小说给很多读者提供了他们所了解到的唯一的人生哲学；小说给他们建立了伦理观、社会准则和物质标准；小说肯定了他们的偏见或开放了他们的头脑，使他们能够接纳一个更广阔的世界。每一本被广泛阅读的书籍的影响力都是难以估量的。如果它哗众取宠、劣等、低俗，则我们的生命在阅读中会因为它所设定的低俗标准而变得贫瘠；如果它是一本真正的好书，思想表达诚实，写作态度诚恳，虽然极少遇到这样的好书，则我们都会因为它而彰显生命的高贵。电影并没有削弱小说的影响力。相反，电影扩大了小说的领地，把已经在读者中流传开的思想传播给了那些因为年纪太轻、没有耐心或没有能力读书的人。

小说给很多读者提供了他们所了解到的唯一的人生哲学；小说给他们建立了伦理观、社会准则和物质标准；小说肯定了他们的偏见或开放了他们的头脑，使他们能够接纳一个更广阔的世界。

所以我不会因为认真地写出小说作家遇到的困难而道歉，但是我会为两年来我没能为作家书库添一本书而心怀歉意。在我自己学习写作的过程中，以及在我的学徒期本该过去的很长一段时间内，坦白地说我阅读了我能够找到的所有关于小说技巧、情节安排和人物描写的书。我虔诚地求教于各种学派的教师门下：我听过一位最时髦的新弗洛伊德派对小说写作的分析；我倾心于一位热衷腺体理论的人，他把个性决定论看作人物创作取之不竭的源泉；我从一个人那里接受了画表格式的写作指导，又从另一个人那里学来了先列出大纲，再慢慢填充材料，进而写出一个完整故事的方法。我

弗洛伊德把无意识看得比意识更重要，他认为人的行为动机主要来自于本能冲动，相信儿童时期对人格形成具有重要作用。从文学创作的角度讲，他认为，文学创作是作家在现实生活中未实现的白日梦，经过乔装改扮，为读者所接受；文学创作的动力是作家本我、自我和超我三层心理因素相互作用的结果，主要是来自人的本能，与作家人格的形成密不可分，尤其认为作家的创作与其童年的经历有密切关系。运用心理分析方法进行文学批评主要是分析作家的精神传记、作家经历与其文学人物塑造和作品形成之间的关系。

新弗洛伊德主义不满于弗洛伊德对本能特别是性本能的过分强调，在很多方面突破了弗洛伊德的理论局限。他们重视青春期和成年初期的经历在人格形成上的作用，以及社会文化力量在人的发展过程中的作用。

文中提到的新弗洛伊德派大概是试图教导作者从作家的人格形成对小说创作的影响这一角度分析小说。

INTRODUCTION

前　言

曾经活在文学的“殖民地”里，聆听那些已经开拓领地的作家各持己见。他们把写作或是当成一种生意、一种职业，或是（相当盲目地）称之为一门艺术。一言以蔽之，我亲身经历过时下各种写作指南的洗礼，我的书架充斥着我从未谋面的指导者的著作。

但是两年前我自己开始教授小说写作课程。此前许多年里我都在为出版社审读书稿，为一家在全国发行的杂志遴选小说，写文章、小说、小说评论以及内容更广泛的文学批评，与编辑及各种年龄的作者商讨他们的书稿。两年前，在我第一次讲课的时候，我脑子里没有多少自己的想法，讲课的内容中充斥了从大量参考书中引用的内容。虽然此前我对大多数的写作指南书已经感到失望，但直到我也加入了写作教师的行列之后，我才认识到我失望的真正原因。

我失望的真正原因在于：一般的学生或大多数初学写作者所遇到的困难并不是小说创作技巧所能够解决的困难，他需要解决的是我能不能写的自信心问题。多数情况下，这些初学者对此毫无觉察。如果这些初学者能够找到自己写作枯燥乏味的原因，他们可能根本就不会参加任何写作班。此时他们只是隐隐约约地知道，那些成功的作家已经克服了对于他们来说似乎是无法逾越的困难。他们相信，所有成功的作家都具有某种神奇的力量，或者用最通俗的话说，就是某种成功的秘诀。如果他敏感而且认真，他也许会大吃一惊。他们进一步猜想，讲授写作课的教师知道那种神奇的魔力，可能会在班上透露只言片语的天机，就像芝麻开门的咒语一样。

一般的学生或大多数初学写作者所遇到的困难并不是小说创作技巧所能够解决的困难，他需要解决的是我能不能写的自信心的问题。

正是寄希望于听到这种秘诀，他们恭恭敬敬地端坐在教室里，认认真真地聆听一系列的课程，学习故事类型、情节设置……这些写作技巧与他们的困难毫无关系。他们会购买或借阅所有标题中带“小说”的书，他们会拜读作家讲述他们创作方法的文章。

对于上述任何一种情况，这些初学者最终都会感到失望。在第一次的导论课中，在书中的头几页，在他们所钟爱的作家文集的字里行间，一个简单的断言总能跃入眼帘：“天才是教不出来的”。他原本渺茫的希望就这样被泯灭了。因为无论他是否意识到，他正在寻找的那个神奇的魔力，就这样被那一句盛气凌人的话给摧毁了。他大概绝对不会冒昧地把自己想要用文字将他脑海中的世界诉诸笔端的莫名冲动称之为“天才之举”，他大概也绝对不会有片刻的胆大妄为的想法，把自己归为不朽的作家之列。但是大多数教师和作家好像都觉得，“天才是教不出来的”这一否定的观点必须尽早并且尽可能突然地表达出来，这才真正是让他的希望彻底破灭的丧钟——他曾经渴望听到，写作确实存在一种神奇的魔力；他曾经渴望知道，有人能够引领他进入伟大作家的行列。

我认为，确实存在这样一种神奇的魔力，而且这种魔力是可以传授的。这本书的全部内容就是讲述关于作家的神奇魔力。

我相信，这本书是独一无二的。因为我相信，他的渴望是正确的。我认为，确实存在这样一种神奇的魔力，而且这种魔力是可以传授的。这本书的全部内容就是讲述关于作家的神奇魔力。

CHAPTER 1

第一章　四种困难

- ◇ 写作本身的困难：要不要写作
- ◇ “一本书作者”
- ◇ 间歇性的作家
- ◇ 不均衡的作家
- ◇ 不是技巧方面的困难

CHAPTER 1

第一章 四种困难

在郑重致歉之后，在表达了我的信心之后，从现在开始，我要向那些希望写作的人讲述我的想法。

作家的神奇魔力确实存在。很多作家都幸运地遇到或找到过这种体验，这种体验过程在某种程度上是可以传授的。要做好准备学习这种体验过程，你必须走一条迂回的路。首先，考虑一下你将会遇到的主要困难。然后，开始做一些简单的、但是迫切需要的练习进行自我施压，来帮助你克服那些困难。最根本的一点是：你必须有信念或者必须有好奇心，愿意接受一个奇怪的建议。这个建议和你在课堂上或者课本里学到的建议都不相同。

作家的神奇魔力确实存在。很多作家都幸运地遇到或找到过这种体验，这种体验过程在某种程度上是可以传授的。

另外，除了承认写作需要一些初步知识，我准备抛开那些为年轻作者提供写作指导的惯用步骤和方法。翻开一本又一本关于如何克服作家所遇到的困难的书，你会看到，十分之九的书中，甚至开宗明义，就会有一些令人沮丧的段落告诫你：你也许根本就当不了作家，你也许缺少品位、判断力、想象力以及任何一些特殊能力，而这些特殊能力是你由一个满怀渴望的人变成艺术家或者成为一个基本上过得去的匠人所必需的。你很可能会听人说：你想写作的愿望也许只不过是一种婴儿般的自我表现欲。或者会有人告诫你：不能因为你的朋友认为你是一名伟大的作家（好像他们真的这样说过!），就能指望全世界的人都这么看你。诸如此类，无聊之极。为什么会有这些关于怀揣作家梦的年轻人的悲观看法我一无所知。指导画家的书不会把想当画家的读者贬得一无是处，充其量只能说现在的你还是个自大自负的、蹩脚拙劣的画匠。讲授工程设计的课本也不会开篇就警告学生说，因为他只会用两根橡皮筋和一根火柴棍编成一只蚱蜢，就认为他不可能在他未来的职业领域中获得荣誉。

相信一个人能够写作是最经常发生的自我谬见，这种观点也许是对的，但是我却对此难以苟同。我自己的经历告诉我：如果一个人急于求成、想要立竿见影地学习做好某个工作，那他可能会面对失败，因为没有任何一个领域能在极短的时间内一蹴而就。所以我这本书是写给这样的读者：那些充满渴望、相信自己良好感觉和智力，能够学习句子成分和段落结构的人；那些已经知道，当他们选择写作的时候，就已经对读者承担了一种责任，要在写作中尽自己最大努力的人；那些已经（而且正在）抓住一切机会学习掌握写作技巧的人，以及那些已经为自己确立了严苛的标准，并且会通过不断的努力达到目标的人。

可能只是由于我特别幸运，我见到的大部分作家，都是具备上述品质的作家，而不是那些受到欺骗的、低能的、粗制滥造的作家。但可悲的是，我遇到过不少敏感的年轻人，很难说服他们相信这一切，因为他们遇到过我们下面要探讨的写作障碍之一：他们被宣判根本不适合写作。对于有些

写作障碍之一：他们被宣判根本不适合写作。

人，写作的强烈愿望克服了他们不得不经历的羞辱感；但是有些人就退缩到现实生活中了，找不到创作的出路，闷闷不乐、挫败沮丧、心神不宁。我希望，本书能够说服那些犹豫不决，徘徊在要放弃写作还是要另谋出路之边缘的人。

在我的亲身经历中，有四种困难不断重复出现。向我咨询这四个问题的人远远多于要我帮助他们解答小说结构、人物刻画等技巧问题的人。我想，每一位教师都听到过对同样问题的抱怨，但是教师自己很少动手写作，他会因为这不属于他的专业范畴而轻易回绝这些问题，或者把这些问题看做是那个受此困扰的学生没有真正天赋的证据。

然而正是最明显地具有天赋的学生才会受到这些问题的困扰。他们越是具有敏锐的感受力，受到的危险好像也越大。那些尚未崭露头角的记者或受雇的低俗作家很少需要这类帮助。然而写作指导最常见的目标是讲授小说写作中学了就忘的技巧，而艺术家遇到的困难却被拒绝或忽略。

写作本身的困难：要不要写作

第一个问题就是写作本身的困难，即要不要写作。如果一个人必须首先确保自己内心丰富、才思泉涌才会为人所知的话，那他根本就不会开始写作。如果他不能轻而易举地写作，那他就是选错了行业。这种结论完全是胡说八道。如果老师有理由说，他在这个学生身上看不到任何希望，那么在他这样说之前，有更多的理由应该仔细追究写作本身的困难。

> 第一个问题就是写作本身的困难，即要不要写作。

困难的根源可能是年轻和自卑。有时候，正是因为害羞才阻碍了才思的涌动。通常来说，这产生于对写作的误解，或者是因为顾虑太多而形成的尴尬。对于初学者，他也许会虔诚地等待他曾经听说过的神圣的灵感之火准确无误地燃烧；他也许会由衷地相信，神圣的灵感之火只能通过偶然的火花点燃。

在这里，需要特别指出的是：这种困难先于任何关于故事结构或情节安排之类的困难存在。除非作家能够接受帮助，克服这个困难，否则的话，很可能他根本就没必要接受任何写作技巧上的指导。

“一本书作者”

第二个问题是一般的外行人都不会相信的，那就是早期成功过的作家难以重复他的成功。

第二个问题是一般的外行人都不会相信的，那就是早期成功过的作家难以重复他的成功。无论什么时候遇到这个问题，都可以用一句行话来解释：这种作家我们称之为“一本书作者”。他通过写作完成了自传的一个片段，释放了他对父母和个人经历中的某种精神压力。他已经得到了解脱，难以再重复他的经历。但是很明显，他不认为自己是“一本书作者”，也不会认为我们不应该再期待他再有佳作问世。

再者从这个意义上说，所有的小说都是自传性质的。然而总有一些幸运的作者能够继续将他们经历中的部分内容不断加工、重组，再现为一系列的、长长的、令人满意的书和故事。是的，他这样想是对的：他的创作突然停滞不前，这是一种病症。通常情况下，这种病症可以得到缓解。这样的想法也是对的。

很明显，如果这个作家取得过当之无愧的成功，那就说明他对写作的技巧已经掌握，还可能知之甚多。他的问题不在写作技巧，除非是偶然的运气，关于创作技巧的咨询和建议也不会帮助他打破僵局。在某种程度上，他比学不会流畅写作的初学者要幸运，因为至少他已经证明了自己有能力运用文字进行令人印象深刻的表达。但是他对于自己不能重复成功感到焦虑，这有可能演变为丧失自信，任由这种情绪继续发展下去，甚至会导致他感到真正的绝望。结果很可能是：一位优秀的作家就这样消失了。

间歇性的作家

第三个问题是前两个问题的综合：这种作家要经过恼人的长期间歇才能重新进行非常富有成效的写作。我教过一个学生，她的成果是一年一个短篇小说——这无论对于体力、生计，还是精神的满足来说，都是远远不够的。对她来说，那些写不出作品的间歇时间是一种折磨；直到她能再次写作，这期间的世界就是一片荒漠。每一次她发现自己不能写作的时候，她就认定自己再也无法复制她的成功。在第一次会面的时候，她几乎让我也相信了这一点。但是当一个周期结束之后，她总是又能重新写作，而且写得很好。

第三个问题是前两个问题的综合：这种作家要经过恼人的长期间歇才能重新进行非常富有成效的写作。

这个例子也说明，这是一个任何写作技巧指导都无法解决的困难。那些遭遇这种困难的人饱受沉默间歇之苦，没有一个想法、没有一个句子会不可抗拒地浮现在脑海。他们一旦打破坚冰，仍然可以像高超的艺术家和娴熟的匠人一样写作。对这种困难的根源，咨询教师必须有清醒的认识，以便给出相应的建议。

再次说明，造成这一现象的背后原因是：等待灵感火花迸发的依赖心理。通常情况下，这样做是为了追求完美的、理想的结果，就像总也等不到天光大亮一样。有的时候（但是很少会这样），这是一种微妙的虚荣心在作怪，容不得半点被拒绝的冒险。在预先没有十足把握写出大受欢迎的作品时，他宁愿不写。

不均衡的作家

第四个困难实际上是涉及技巧方面：没有能力为一个生动但不完美的故事安排一个成功的结尾。

第四个困难实际上是涉及技巧方面：没有能力为一个生动但不完美的故事安排一个成功的结尾。遇到这种困难的作家经常能够写好故事的开头，但是写了几页之后就发现，他难以驾驭故事的发展。或者他们会把一个好故事写得枯燥乏味、干涩单调，以至于失去了它所有的优点。有时候他们不能为主要情节找到充足的发展动力，故事因而难以为继。

的确，那些处在这一关口的人可以通过学习结构安排、学习各种叙述形式以及阅读帮助他跨过这道坎的、枯燥乏味的“创作秘籍”来得到极大的帮助。但即使是这样，真正的困难在他遇到故事形式的问题之前也早就存在了。

这种作者还不具备足够的自信，不相信自己能把故事写好；或者他没有经验，不知道他的人物在现实生活中会如何行动；或者他太害羞了，不能够全面充分地、满怀激情地面对现实人生，而这恰恰是一个作家在进行创作时应有的态度。如果一个作家接连写出来一个又一个单薄的、拘谨的、情节突兀的故事，很明显他需要更多的指导，而不只是单纯批评他写的故事。他必须尽快学习，相信他自己对故事的直觉；学习在故事叙述当中适度放松，直到他对这一领域的大师们的那些灵巧技艺能够熟练掌握，运用自如。所以无论如何，这种困境是作家个性方面的问题，而不是他写作技巧方面的缺陷。

这种作者还不具备足够的自信，不相信自己能把故事写好；或者他没有经验，不知道他的人物在现实生活中会如何行动；或者他太害羞了，不能够全面充分地、满怀激情地面对现实人生，而这恰恰是一个作家在进行创作时应有的态度。

不是技巧方面的困难

以上是作家在写作生涯开始时期最经常遇到的四种困难。

几乎每一个购买小说写作指南，或学习短篇小说创作这门课程的人，都会遭遇到其中的一两种困难。只有克服了这些困难，他们才能够从日后对他们大有帮助的写作技巧训练方面获益。有时候写作者们受到课堂氛围的激励，在上课期间会写出很好的故事。但是一旦那种激励不存在了，他们就会停止写作。

真正热切地想要写作的人多得令人吃惊。很多人甚至不能完成课堂上布置的写作练习。但是他们依然心怀梦想、年复一年地参加写作课学习。很明显，他们一直在寻求尚未得到的帮助。很明显，他们充满渴望——准备好尽其所能地投入时间、精力和金钱从那些初学者的课堂里脱颖而出，置身于成果丰硕的作家之列。

真正热切地想要写作的人多得令人吃惊。

CHAPTER 2

第二章　作家是什么样的人

◇ 培养作家气质

◇ 真假艺术家

◇ 作家性格的两个方面

◇ “性格分离”并不总是心理变态

◇ 双重人格的日常例子

◇ 失望的沼泽

CHAPTER 2

第二章 作家是什么样的人

如果这些困难确实存在，我们就必须尽量在困难出现的地方解决它们。找找这些问题是出现在生活中、态度上、习惯上，还是性格本身。

你先要知道作家是什么样的人、作家如何工作，也要学会用同样的方式工作，并且要调整你的做事方法和你与周围事物的关系，这样做是为了有利于朝你选定的目标前进，而不能让这些事情妨碍你。这样你书架上的那些关于小说写作技巧的书，还有那些确立了写作风格和故事结构典范、为同行争相效仿的大师们的著作，对你来说将会有不同的意义，也将对你有更大的帮助。

本书的目的不是要在教授写作技巧上取代那些书。有一些写作指南非常有价值，任何作家都应该拥有。在附录中我列出了我所找到的对于我自己和我的学生最有帮助的那些书目，我毫不怀疑那个书单可以成倍增加。这本书甚至也不是那些书目中的同类读物。这是一本读那些书之前应该阅读的书。如果它成功了，它的成功之处不是教初学者如何写作，而是教他如何成为作家。如何写作和如何成为作家，这是很不一样的。

有一些写作指南非常有价值，任何作家都应该拥有。

如何写作和如何成为作家，这是很不一样的。

首先，成为作家主要是培养作家气质。

培养作家气质

首先，成为作家主要是培养作家气质。时下在循规蹈矩的人看来，“气质”这个词本身就值得怀疑。所以我紧接着说的是，这本书绝对不是（所有的想法中没有任何一部分）要反复灌输一种让人疯狂的、放纵不羁的波希米亚式生活方式，或者是要把神经质的、情绪化的异想天开确立为作家生活的必要组成部分。恰恰相反，情绪化和乱发脾气，当它们确实存在时，正是艺术家的个性有了偏差、要误入歧途的症状——这样会导致精力浪费和情绪消耗。

情绪化和乱发脾气，当它们确实存在时，正是艺术家的个性有了偏差、要误入歧途的症状——这样会导致精力浪费和情绪消耗。

我之所以说“当它们确实存在时”，是因为尽管大多数普通人都相信，傲慢唐突的白痴行为是艺术家生活中不可分割的组成部分，实际上除非亲眼所见，这种行为是不存在的。普通人听说过许许多多艺术家的故事，他很可能相信，一个人一旦以“诗人”标榜自己，这种“诗人执照”就好像意味着其有权利忽视任何一个对自身不方便的道德准则。

普通人对于艺术家的看法如果不影响那些立志写作的人就没有关系。否则的话，这会让他们改变自己的意愿和本来比较好的品性。在艺术家的生活中确实有某些可怕的、危险的东西，我们把有些自我意识看成是有害的麻烦制造者。人们之所以对艺术家有那种普遍的看法，原因就在于他们看到

波希米亚原是对捷克西部地区的旧称。历史上是一个多民族的地区，是吉普赛人的聚集地。波希米亚人热情奔放，浪迹天涯。波西米亚式生活方式成为流浪、自由的代名词。

太多此类的证据。

真假艺术家

不管怎么说，我们当中只有少数人出身于艺术世家，并能够看到艺术气质的真正楷模。由于艺术家当然会——而且有必要——按照有别于普通行业的标准来规范他的生活，所以，当我们以局外人的视角观看的时候，就很容易误解他做的事情以及他为什么要那么做。

艺术家作为怪物的形象，比如，像自命不凡、爱慕虚荣的孩子，或者像受难的圣徒，或者是游手好闲的花花公子等，是19世纪留给我们的遗产，这份遗产相当令人尴尬。艺术家在此之前是正面的、健康的形象。艺术家是天才，他比一般人更多才多艺，更富于同情心，更勤奋努力，更严格地约束自己的品行，很少需要芸芸众生对他怜悯。

天才作家的气质是这样的：直到生命的最后一息，尚能保持孩童般的天性和敏感，还保有“天真的眼神”，这对于画家至关重要。具有对新事物好奇敏捷的反应能力，对旧事物记忆犹新的能力，好像每一个生命的印迹和特征都是刚刚脱胎于造物之手一样新奇，丝毫不会觉得了无新意而快速将它们归类存档，放入干巴巴的记忆里；对环境变化的感受如此迅速敏锐，枯燥乏味一词对他毫无意义。对于亚里士多德在两千多年前说的“事物之间的相互联系”，他总是在悉心观察。这种新奇的反应能力对天才的作家而言至关重要。

天才作家的气质是这样的：直到生命的最后一息，尚能保持孩童般的天性和敏感，还保有“天真的眼神”，这对于画家至关重要。

作家性格的两个方面

但是对于作家的性格培养，还有另一个因素，这对于他的成功同样至关重要。它们是：成熟、没有偏见、温和以及公正。这是匠人、劳动者和批评家而不是艺术家的品质。他必须持续地保持敏感和童真的一面，否则就无法创作出艺术作品。如果艺术家性格中的任何一个方面太过偏激因而失去控制，他将创作不出好的作品，或者根本就创作不出作品来。

作家的第一个任务是维持他天性中这两个因素的平衡，将它们协调统一到一个整体性格中。迈向那个幸福结果的第一步是：将二者分开考虑并加以锤炼！

作家的第一个任务是维持他天性中这两个因素的平衡，将它们协调统一到一个整体性格中。

“性格分离”并不总是心理变态

我们都读过不少周日版的“特刊故事”、杂志文章和大众普及版的心理学书籍。所以，对“个性不合群”这类词汇，我们的第一个直接反应是避之唯恐不及。不少读者对人的大脑构成一知半解。在他们看来，一个人具有双重人格，一定是个不幸的家伙，应该被关进精神病院。或者按照他们觉得最幸运的说法，这是个稀奇古怪、歇斯底里的角色。

然而每一个作家都是具有双重人格的非常幸运的那一类人。正是这一事实使他成为一个让人费解、饱受折磨和喜怒无常的角色，而芸芸众生则会因为自己至少拥有完整人格而自鸣得意。但是认识到你的性格不止一面并不会招来流言蜚语和危机四伏。

CHAPTER 2

第二章 作家是什么样的人

那些天才作家都开诚布公地承认他们具有双重或多重人格。循规蹈矩的人总是在埋头走路，而天才则神思飞扬。只要天才了解它的作用方式，改变自我、另一个自我或者更高级的自我等等想法总会不断出现。对此，一代又一代的作家已经给出了充足的证明。

循规蹈矩的人总是在埋头走路，而天才则神思飞扬。

双重人格的日常例子

的确，天才的双重人格几乎是老生常谈。事实上，在某种程度上，这对我们所有的人来说都很常见。

每一个人都有过这样的经历：紧急情况下做事果断、有条不紊，回过头来看却像发生奇迹一样倍感欢欣。这就是弗里德里克·迈尔斯用来解释他所谓的天才的行为。再比如，好像第二阵风一般重生的经历：在长久艰苦的磨砺之后，疲倦之气好像突然一扫而光，一种崭新的性格从疲惫的身心脱颖而出，一如凤凰涅槃。一度停滞不前的作品创作又开始妙笔生花，文思泉涌。还有这样一种模糊不清的经历，但是道理与上述相同，那就是：我们在睡梦中做出了决定、解决了问题，过后发现决定正确、解决方案可行。所有这些日常发

弗里德里克·W·H·迈尔斯（Frederic William Henry Myers，1843—1901），英国剑桥大学教授。主要著作有《人的个性及其肉身死亡之后的存在》和《科学及未来生命》等。他主要研究人的灵魂是否存在的问题，曾与一些剑桥的同事共同成立“灵魂研究学会”。

生的奇迹都能解释天才的行为。在这样的时刻，意识和无意识共同作用，带来了最大效果。它们相互扶持激励、相互加强补充，因此导致结果的行动产生于全面的、综合的、完整的人格，带有权威，不可分割。

真正有天才的人总是习惯性地（或者经常性地，或者非常成功地）在行动中磨砺自己，而具有较少天才的人只是偶尔为之。

真正有天才的人总是习惯性地（或者经常性地，或者非常成功地）在行动中磨砺自己，而具有较少天才的人只是偶尔为之。他不仅遇到事情时这样行动，而且他还创造事件，把他对这一刻的记忆保留在纸张、画布或石头上。就像真实发生过的事一样，他自己创造突发事件，然后采取相应的行动。他愿意策划事件并采取行动，这使得他在那些更内向、更少勇气的同伴中出类拔萃。

每一个想要认真写作的人都能从中得到启发。经常是你正在幻想的时刻，第一个困难才出现。开始这项事业是容易的，只要你喜欢幻想，热爱读书，觉得写出一个短句并不太难——如此等等，在你的意识里就会相信，你已经找到了那个命中注定的、并不是太令人畏惧的使命。

做白日梦并不难，难就难在把白日梦转变为现实，而且还不能牺牲它所有的魅力；不是被动地模仿别人的故事，而是要发现并完成自己的故事；不是写上寥寥几页就被评价其风格或对错，而是要一段接一段、一页又一页地不断写下去，因为要接受评判的是作品整体的风格、内容和效果。

失望的沼泽

但是随之而来的就是要理解，成为一名作家意味着什么：做白日梦并不难，难就难在把白日梦转变为现实，而且还不能牺牲它所有的魅力；不是被动地模仿别人的故事，而是要发现并完成自己的故事；不是写上寥寥几页就被评价其风格或对错，而是要一段接一段、一页又一页地不断写下去，因为要接受评判的是作品整体的风格、内容和效果。

CHAPTER 2

第二章 作家是什么样的人

这并不是一个初学写作的人能够预见的全部。初学者还会因为自己不成熟而担忧，怀疑自己为什么竟然有胆量自认为能写出值得一读的只言片语。像任何一个新演员一样，一想到那些尚未谋面的读者就怯场。初学者发现，他能够按部就班地构思一个故事，但当他需要写作时，流畅的文笔却早已飞到了九霄云外；当放松对故事的控制的时候，他的故事一下子变得难以企及。他害怕把每一个故事都写得千篇一律；他这种想法甚至让自己思想瘫痪：一旦这个故事写完，他将再也找不到另一个他喜欢的故事了。他将会开始跟时下的名人一样，让自己忧心忡忡，因为他不具备这位作家的幽默，又没有那位作家的独出心裁。他会找出一百个理由怀疑自己，而找不出一个理由让自己自信。他会怀疑那些曾经鼓励过他的人过于宽大为怀了，甚或是太远离文学市场了而不知道成功作品的标准。他也许还会逐字阅读一位真正天才的作品，而横亘在那位天才和自己之间的差距好像是一条巨大的鸿沟，足以吞噬他的希望。在这种状态中，除了偶尔会受到启示，偶尔还能感觉到自己的天赋仍然鲜活而且不时萌动，他会数月乃至数年陷入停滞不前的境地中。

每一个作家都经历过这种失望的阶段。毫无疑问，很多有前途的作家，还有大多数从来没有想过要写作的人，回首往事会发现生命并非如此严苛。还有一些人能够在他们失望的沼泽中发现抵达彼岸的途径，有时候靠灵感，有时候靠的只是坚持，还有人借助于书籍和别人的帮助。但是通常来说，他们难以说明他们困境的根源；他们甚至可能会找个错误的理由解释恐惧的原因，认为他们不能有效地写作是因为他们“不会写对话”，或者“不擅长安排情节”，或者“所有的人物描写都太单调”。当他们竭尽全力克服了这些弱点，却发现他们的困难依旧存在，然后他们就会找出另一套说辞进行辩解。有些人因此从写作的队伍中掉队，有些人依然在坚持，即使他们已经到了极不舒服的境地，即使他们觉得再也找不出他们走入困境的原因。

编辑、教师或有资历的作家无论如何劝阻，这类顽强坚持写作的人都不会消失。他首先需要认识到的是：在同一个时间内想要做的事情太多了。其次，虽然他按部就班地进行了学习，但是他采取的步骤是错误的。绝大多数训练作家从事严肃创作的方法——那些技巧和批评——对于他作为一名艺术家的那一部分的无意识来说，事实上是有害的；反之亦然。**但是对一个人性格中的两方面可以同时进行训练，让这两方面协调一致发挥作用。这种教育的第一步是：你自己进行学习和训练时，必须认为你不是一个人，而是两个人。**

这种教育的第一步是：你自己进行学习和训练时，必须认为你不是一个人，而是两个人。

CHAPTER 3

第三章　表里不一的好处

◇ 故事写作的过程

◇ 天生的作家

◇ 意识与无意识

◇ 作家身上的两个人

◇ 躲进现实面具背后

◇ 保留自己的想法

◇ 你“最好的朋友和最严厉的批评家”

◇ 适当的消遣

◇ 朋友和书籍

◇ 傲慢的才智

◇ 双重人格不冲突

◇ 第一个练习

CHAPTER 3

第三章 表里不一的好处

成为作家的自我训练是一个双重任务。为了说明其中的原因，我们先来看一遍故事写作的过程。

故事写作的过程

像其他的艺术一样，创意写作是一个完整的人的实践活动。无意识必须自由丰富地流动，按照需要打开所有的记忆宝藏，所有的情感、事件、情景，还有储藏在记忆深处的人物与事件的密切联系；意识则必须在不妨碍无意识流动的情况下控制、联系、辨别这些素材。无意识给作家提供所有的典型化的类型——典型人物、典型场景、典型的情绪反应；意识要完成的任务则是决定这些典型中哪些太个人化、太怪异而不能成为艺术的素材，哪些又具有普遍性可供使用。意识也可能要求有目的地增加一些特征，把太普通的角色转变成一个有个性的人物，承担一种类型的人格化表现——如果小说是为了阐释一种现实感的话，这样做是必要的。

如果我可以这样说的话，那么每个作家的无意识都会发现一个属于自己的类型故事：因为每个人的阅历不同，他总会倾向于把某种特定的困境看成是戏剧性的而全然忽视其他每一个作家的故事从根本上都具有相似性，没有必要为此觉得文学会陷入单一性的危险。但是明智的作家必须充分认识到这一点，并且要做出改变，对素材进行重组，给每一个新构思的故事引入能够给人带来惊奇和新鲜感的元素。

的困境，就像他对最大的幸福和个人的长处都有自己的看法一样。当然，这也就是说，每一个作家的故事从根本上都具有相似性，没有必要为此觉得文学会陷入单一性的危险。但是明智的作家必须充分认识到这一点，并且要做出改变，对素材进行重组，给每一个新构思的故事引入能够给人带来惊奇和新鲜感的元素。

由于大家都倾向于在无意识中将事物分门别类，从根本上讲，正是这种无意识规定和支配了故事的形式。（这一点将在以后的篇幅中进行更充分的论述。在这里需要指出的是，如果把太多的精力花费在情节安排的指导和学习上，就是浪费时间。一定的技巧是需要的，任何特定时期的名篇佳作都可以单独研究和学习，其写作模式也值得归纳总结；但是除非这个学生对一个既定的模式已经得心应手，否则试图通过照搬情节安排模式来规范他的创作，这种做法往往收效甚微。）无论如何，故事产生于无意识。它就那样自然而然地出现了，有时候只能意识到一点点模糊的端倪，有时候却能意识到惊人清晰的情境。然后经过审视、精简、改变和强化，故事要么显得惊心动魄，要么夸张之极；然后再返回到无意识中，把所有的元素再做最后的综合。经过一段激烈的脑力较量之后——作者如此投入，以至于他有时候甚至会觉得已经“忘掉了”或“弄丢了”自己原来的想法——这就是再次提醒意识，这个综合过程已经结束，真正的故事写作开始了。

CHAPTER 3

第三章 表里不一的好处

天生的作家

对于天才，或那些天生的作家来说，这一过程既顺利又快速。上述简单而浓缩的叙述好像是错误地描述了故事构思的过程。

但是你必须记住，天才是那种具备一些幸运的禀赋或领受过独特的教育，能够使他的无意识完全服从于他理性的意图的人，不管他对此是否了解。这一论断的证据会在以后出现，因为造就一位作家的过程，就是教会一个新手通过技艺来掌握一位天生的作家与生俱来的本领的过程。

> 造就一位作家的过程，就是教会一个新手通过技艺来掌握一位天生的作家与生俱来的本领的过程。

意识与无意识

无意识是害羞的、难以捉摸的、不易控制的，但是学习利用它，甚至引导它，则是可行的。意识是爱管闲事的、固执己见的、高傲自负的，但是通过训练，使它臣服于先天的禀赋则是可能的。

但是通过尽量隔离我们头脑中这两项不同的功能，甚至通过有意地把它们当成同一个头脑中两个独立的人格特征，使之不与现实混淆，却使我们的自我教育受益良多。

作家身上的两个人

> 其中一个人是毫无灵感的、普通平常的、讲求实际的人，要忍受日常生活的压力。

所以在一段时间内既然这个观念对你有用，就把自己想象成是两个人合为一体的。其中一个人是毫无灵感的、普通平常的、讲求实际的人，要忍受日常生活的压力。这样做将会有足够的美德来补偿它的迟钝；它必须学会聪明地评判是非、超然物外、耐心忍受。同时，要记住它的首要功能是为那个艺术家的自我提供适宜的条件。

> 你双重特性的另一半就可以是敏感的、热情的、有偏爱的，就像你自己一样；只是它不会把那些特征说出来，表现在现实生活的世界里。

这样，你双重特性的另一半就可以是敏感的、热情的、有偏爱的，就像你自己一样；只是它不会把那些特征说出来，表现在现实生活的世界里。很明显，你身上普通人的那一面，即珍爱它的世故的那一面不会允许它去冒险，因为它总是试图从情感上应付只有理性才能应付的情形，这样会把自己弄得很惨；也不允许它在苛刻的观察者眼里显得荒唐可笑。

躲进现实面具背后

> 你天真无邪的双重性会给你带来的第一个好处是：清除你和世界之间显而易见的障碍，你真实的自己躲在现实的面具背后，可以按照你自己的节奏发展你的艺术创造力。

你天真无邪的双重性会给你带来的第一个好处是：清除你和世界之间显而易见的障碍，你真实的自己躲在现实的面具背后，可以按照你自己的节奏发展你的艺术创造力。

一般人要么写得太多，要么写得太少，都不足以形成对作家生活的正确看法。这很不幸，但是对于有人竟渴望通过“把文字串在一起”的写作赢得名声和谋取生计的想法，没有想象力的人会感到不可思议地可笑。当一个他认识的人声称自己通过写作发表了对世界的看法，他觉得这很自负。他会对这种自负的行为进行无情的挖苦和嘲讽，以示惩戒。如果你觉得有必要奋然而起，试图纠正这种没有想象力的态度，你就得忙活一辈子。但是这样的话，除非你有无穷无尽的精力，你将不会再有充足的力气用于写作。

还是那个无聊的人，对于成功的作家则会表现得幼稚而冲动。看到成功的作家他会肃然起敬，但是他也会很不舒服。他似乎觉得，只有巫术才能把和他同类的一个人变得如此聪明绝顶。他自愧不如，不再大呼小叫，或者根本就不再理会。如果你惹上了他，你就会发现自己的写作源泉受到了堵塞。这是一个低俗的劝告，但是我无须道歉。这个劝告就是：瞄准你的目标前进，否则你就会惊醒你的猎物。

保留自己的想法

同样，一个作家也有其他艺术的新手不会有的劣势。当他写作时，他的确使用日常谈话、朋友通信和商业公函作为媒介，而且他没有令人印象深刻的、复杂烦琐的方式表达对外行的尊敬。虽然每一个作家都有自己的手提打字装备，但是连他这个职业的标识都不会留给年轻作家深刻印象。其他的艺术形式中，无论是一件乐器、一片画布还是一块黏土都自有其说服力，在那些新手看来这些有魔力的东西好像是来自天外。即使一副好嗓子也不是每一个人都会有的。

如果你过早宣告你对写作的热爱，在你发表一篇又一篇作品之前，你所得到的可能只是对你努力的嘲讽。这时候，绝大多数年轻作家会从其他艺术家那里学到一招：小提琴家并不随身携带他的小提琴；画家并不总是手里拿着调色板和画笔，除非在自己工作的时候，或者在秩序井然的观众面前使用他的工具。至少当你还在摸索着前进的时候，你也要学习这种谨慎所带来的好处。

如果你过早宣告你对写作的热爱，在你发表一篇又一篇作品之前，你所得到的可能只是对你努力的嘲讽。

作者对自己的职业保密，这样做有一个极好的心理学上的理由：如果你到处宣扬自己从事写作，你就会越说越多，甚至会说出你尚在构思的内容。现在，语言是你的媒介，有效地利用语言是你的职业。但是你的无意识的自我（这正是你希

语言是你的媒介，有效地利用语言是你的职业。

望成为的角色）并不在意你把故事写成文字，还是你满世界到处去说。如果当时你足够幸运，有一个听众回应你（过后你经常为此痛苦），那么你这就算是已经表达完了你的故事，得到了你的报偿，无论得到的是赞许，还是令人吃惊的异议。不论何种情况，你都已经撞线，完成了冲刺。后来你会发现，再要想费尽千辛万苦把那个故事写完，你会感到索然乏味，兴趣全无；无意识中你会认为故事已经写完了，再写就成了一个讲了两遍的故事。如果你能够战胜乏味的感觉，坚持写下去，你还是会觉得那个故事平淡无奇、了无新意。所以，练习一下保持沉默的睿智。当你完成了第一稿，如果你愿意，把它交给别人去批评和提意见；但是过早地谈论你写的故事是一个严重的错误。

过早地谈论你写的故事是一个严重的错误。

把自己想象成具有双重人格的人还有其他好处。不应该由你敏感、情绪化的那一个自我来担负你与编辑、教师或朋友等外界关系的打交道的责任。让你讲求实际的自我到外面的世界中接受建议、批评或反对意见；不管怎样，就当做是你平庸无聊的自我在阅读时提出的反对意见和犯下的小错误！批评和异议并非人格侮辱，但是身为艺术家的那个自我不会明白这个道理。他会颤抖、退缩和逃避。要想把那个艺术家的自我重新拉回来，投入到观察和编织故事、寻找合适的词语表达成千上万种的感受上来，会十分困难。

你“最好的朋友和最严厉的批评家”

另一方面，你热爱写作的自我是直觉而情绪化的。如果你不小心，就会发现自己过着一种最缺乏生机且最为安逸的生活，而不是一种需要不断滋养、激励你的天才的生活。一般情况下，“艺术气质”通过冥想和独处就足以自娱自乐，需要很长时间才会有一次想要表达自己的写作冲动。如果你听任较为敏感的那一面天性来安排你的工作和生活，你就会发现自己到了世界末日，能够表现你与生俱来的天赋的机会寥寥无几。

一个更加积极的想法是：从一开始就认识到，你喜欢一些充满想象力的事情。要客观地研究你自己，直到你明白你的哪种冲动是适宜的，哪一种会把你拖入惰性和沉默的泥沼。

> 一个更加积极的想法是：从一开始就认识到，你喜欢一些充满想象力的事情。要客观地研究你自己，直到你明白你的哪种冲动是适宜的，哪一种会把你拖入惰性和沉默的泥沼。

开始的时候你会觉得很单调，总是无休止地分析自己的性格和习惯；到后来你就会发现，这是你的第二天性。再后来你就会欣然接受这样做。当你的分析已经跨过了有目的地从中获益的阶段，这种对自我审视的批评就必须停止。简而言之，你必须要学习成为你自己最好的朋友和最严厉的批评家——轮流担当成熟和溺爱、苛刻和服从的不同角色。

> 你必须要学习成为你自己最好的朋友和最严厉的批评家——轮流担当成熟、溺爱、苛刻和服从的不同角色。

适当的消遣

虽然要保证做自己最好的朋友——不是简单地做自己苛刻的、训练有素的长者，但是没有人会替你找到最适合你的激励和娱乐方式，以及最适合你的朋友。

也许音乐（不管你对音乐的了解有多少）具有让你开始内心活动，在书桌旁坐下来的效果。那样的话，就应该是你成熟的那部分自我去负责找到并提供适合你的音乐——保证当有人质疑你对交响乐或弦乐或黑人圣歌的令人吃惊的品味时，你不会心怀戒备。你还会发现，有些朋友对你成为作家帮助巨大，而对你其他方面的帮助则一无可取之处——反过来也同样。太过刺激的社会生活对于初露头角的天才而言很难应付，就像根本没有社会生活对他而言一样困难。只有依靠观察力你才会知道，哪个人群或哪个人对你成为作家有帮助。一个你佩服得五体投地的人对此无动于衷，或者一个你认为优秀的人时常激怒你，和这样的人交朋友都必须当成对自己一种非常特殊的纵容，只能够当成个例对待。

结交和认识这样的人：出于某种难以名状的原因，他们会让你充满力量，会带给你新的思想，或者更不可言喻的是，会带给你充满自信的感觉，让你迫不及待地想要写作。

如果在和一个对你的作品和你无动于衷的朋友度过了一个傍晚之后，你觉得世界索然无味；如果你被你认为优秀的朋友激怒到无言以对的地步，在你正努力学习写作的阶段，你对他们的那种强烈的好感不会让你公正地看透他们。这说明，你该结交其他的朋友、认识别的人了。应该去结交和认识这样的人：出于某种难以名状的原因，他们会让你充满力量，会带给你新的思想，或者更不可言喻的是，会带给你充满自信的感觉，让你迫不及待地想要写作。

朋友和书籍

如果你没有运气找到他们——好吧，在图书馆的书架上，你会发现相当可观的替代品，有时候它们有着极为奇怪

黑人圣歌是一种带有宗教性质的民间歌曲，以基督教赞美诗为主要内容，是黑人音乐的重要组成部分。

的伪装。我有一个学生埋头读了很多医学案例报告。另一个学生说，她花了几个小时去查阅一本科普月刊，尽管都是些简单至极的基础知识，她却难以理解，只觉得被那些罗列整齐、精细入微的科学事实充斥得晕头涨脑、败坏了胃口，她落荒而逃，如饥似渴地找了一大堆文学作品大快朵颐，才重新找回了心理平衡。

我认识一位著名作家，他很讨厌约翰·高尔斯华绥的作品，但是高尔斯华绥的节奏感激起了他写作的愿望。他说，他读上几页《福尔赛世家》就能听到一种内在的节律，很快能转化成句子和段落；另一方面，他认为伍德豪斯是一个现代幽默大师，其影响使得他对自己的写作深感沮丧。他下定决心，在完成自己手头想写的作品之前，刻意不读伍德豪斯

约翰·高尔斯华绥（John Galsworthy，1867—1933），英国小说家、剧作家，英国批判现实主义作家。高尔斯华绥是个多产作家，在 20 多年的创作生涯中，几乎每年写一部小说和一部剧本。1932 年，高尔斯华绥“因其描述的卓越艺术——这种艺术在《福尔赛世家》中达到高峰”而获得诺贝尔文学奖。长篇小说三部曲《福尔赛世家》是高尔斯华绥的代表作，由《有产业的人》（1906）、《骑虎》（1920）和《出租》（1921）组成。高尔斯华绥的作品以 19 世纪后期和 20 世纪初期的英国社会为背景，描写了英国资产阶级社会和家庭生活，以及其盛极而衰的历史。他的作品语言简练、形象生动、讽刺辛辣。

的最新作品。认真地想一想：哪些作者是你的良师？哪些是你的毒药？

当真正的写作临近完成的时候，成熟的自我必须站在一旁，为的是时不时地给你提个醒，指出诸如你喜欢重复用词，或你有些啰嗦累赘，或者人物对话脱离了控制等等。然后你要提请“他”通读一遍完成的初稿，或者其中的某些部分。在“他”的帮助下进行修改以达到最佳效果。但是在写作的过程中，如果你脑海里一直出现一个警觉的、批评的、吹毛求疵的理性伙伴，则是一件最困扰人的事。对自己才能产生了令自己备受折磨的怀疑、害羞、沉默等，就像一块幕布掉下来遮住了最好的故事构思，这都是因为你处于写作上升状态的时候问询“他”的意见。在开始的时候，要阻止逐字逐句的裁

对自己才能产生了令自己备受折磨的怀疑、害羞、沉默等，就像一块幕布掉下来遮住了最好的故事构思，这都是因为你处于写作上升状态的时候问询“他”的意见。

佩勒姆·G·伍德豪斯（Pelham Grenville Wodehouse，1881—1975），英国幽默小说家和喜剧作家。1955年入美国国籍。他的作品主要为小说，并参与创作15部剧本。伍德豪斯善于写令人发噱的场面，塑造滑稽人物。他的短篇小说故事性强，情节曲折而合理，遣词造句极为讲究。主要短篇小说收集在《周末伍德豪斯》（1951）、《伍德豪斯集锦》（1960）二书中。他还写有自传《作家！作家！》（1962）。2000年为了纪念伍德豪斯，以他的名字命名的“波录格大众伍德豪斯奖”成立，该奖每年颁发给英国最佳幽默作品。

断并不容易，但是一旦故事完成，那个批评伙伴将会满意地等候“他”来评判的机会。

傲慢的才智

一本正经、亦步亦趋地学习写作技巧，是一种最为傲慢的才智，也是一种危险。像我们前面提到的那样，认为这是学习写作中更为重要的一部分，这种谬见已经得到了证实。其作用不可或缺，但是应该位居第二。

对写作技巧的学习和理解应该在专心写作之前或之后。你会发现，如果在这一阶段你不能驾驭你的才智，“他”就会一直给你提供虚假的解决方案，削弱你的创作冲动，使人物“文学化”（经常是把人物刻画成特定类型而且不自然），或者认为最初在你意识中灵光闪现、很有意思的故事实际上是老生常谈或不合情理。

对写作技巧的学习和理解应该在专心写作之前或之后。

双重人格不冲突

但是现在我在冒险，好像把写作人格的这两个部分弄得彼此冲突。事实恰恰相反。当一个找到了适当的位置，另一个正在行使适当的功能，它们彼此交织，相互作用，不断加强、激励、安慰对方，这样的结果是最终的人格，即那个合为一体的性格，会更加平衡、稳重、生机勃勃、思想深刻。

准确地说，当“他们”发生冲突时，这个艺术家肯定是不幸的——他工作中会遇到重重干扰，或需要不断与他清醒最令人羡慕的作家是那些已经认识到自身性格中有不同的属性，但是能够在不同的情形下与不同的人格和谐共处、生活、工作，并不断进步的人。

的判断力抗争，或者最可悲的是，他根本就不能写作。最令人羡慕的作家是那些已经认识到自身性格中有不同的属性，但是能够在不同的情形下与不同的人格和谐共处、生活、工作，并不断进步的人。

第一个练习

这本书里有很多练习。现在我们来做第一个练习，这个练习的目的是向你说明，客观地看待自己多么容易做到。

你现在靠近一扇门。当你看到这一章结束的时候，把书放在一边，站起来，穿过那扇门。从你站在门槛的那一刻起，把你自己当作观察对象。你站在那里看起来是什么样？你走路的姿势如何？如果你对自己一无所知，那么此时此地，对你的性格、背景和意图你能了解多少？如果房间里有人，你必须过去打招呼，你如何问候他们？你对待他们的态度有何改变？如果你更喜欢其中一个人，或者更了解其中一个人，你会表露出来吗？

这个练习背后没有神秘莫测、不可告人的目的。这是个初级练习，训练你学会客观地看待自己。当你从中有所收获时，就应该弃之不用。另找一个时间，尽量做到镇静放松——不要有任何手势——告诉自己是如何一步一步梳理自己的头发。（你会发现这比你想象的困难。）再次，描述一下自己做的任何一件日常小事。再往后，想一件前天的小事：看看自己如何开始做这件事，又是如何从中脱身，就好像自己在亲眼看一个陌生人一样。再换一个时间，想想如果你能跟随自己一整天，你看起来是什么模样。运用写小说的眼睛观察自己，看看你如何走进走出房间，走到街上，走进商店，在天黑时又回到家中，这一天你的表现如何。

CHAPTER 4

第四章　插曲：关于听从建议

◇ 节省精力

◇ 改变习惯时，想象力与意志力的对决

◇ 替代旧习惯

◇ 例示

◇ 正确的思维方式

CHAPTER 4

第四章 插曲：关于听从建议

带着最好的意图，我们通常急于形成一个新习惯或改掉一个旧习惯，这样做很可能会欲速则不达。在这本书中，无论你在什么地方看到一条建议，我劝你都用不着挺直脊背，咬紧牙关，攥紧拳头，抱着不做就死的态度马上投身实验。任何建议都要在你愿意的情况下采纳和实施。

任何建议都要在你愿意的情况下采纳和实施。

节省精力

根据经验，为了完成一件小事，我们通常投入的精力是实际需要的三倍。无论最简单的事还是最复杂的事，无论体力还是脑力，都是如此。如果我们爬楼梯，我们会调动全身的每一块肌肉和每一个器官辛苦攀登，就好像我们灵魂被拯救的希望就寄托在最高的那个台阶上一样。结果往往是因为我们得不到相应的回报而心生怨恨。或者投入比实际需要大得多的精力，做些漫无目的的事情。

每个人都有过这样的经历：用比实际需要大得多的力气去推开一扇看似紧闭的门，结果却摔倒在地上，被自己力气的惯性带倒在了屋子里。或者我们都搬动过看起来很重、实际上却很轻的东西。如果你遇到了这样的情形，一定要后退一小步以恢复你的平衡。

改变习惯时，想象力与意志力的对决

在脑力劳动中我们可能更经常地误入歧途，带着一些孩子气的想法。尽可能经常地练习“让意志力慢下来，停下来”，是值得赞美的做法。但是在改变习惯方面，如果你把想象力投入到过程当中，而不是一开始就虚张声势，你会发现自己更快地得到结果，而且较少会出现“反复”的情况。

这并不是要求你放弃意志。在一定的时间段和一定的情况下，只有凭借全部的意志力加以控制，才能取得成效。但是在我们的生活中想象力的作用要大得多，超出了我们习惯上承认的那样。任何一个老师都会告诉你，如果要引导一个孩子做出改变，想象力能发挥多么巨大的作用。

替代旧习惯

旧习惯强大而充满嫉妒。如果它们受到警告说要做出改变，它们不会束手就擒，轻易地被取代。它们会为自己的存在进行巧妙的、有说服力的反抗。

旧习惯强大而充满嫉妒。如果它们受到警告说要做出改变，它们不会束手就擒，轻易地被取代。它们会为自己的存在进行巧妙的、有说服力的反抗。如果它们受到极端的攻击，它们就会自己报复；在一两天极其善良高尚的努力之后，你就会发现各种各样的借口和原因：新办法不适合你，你应该做出改变以适应这个或那个旧习惯，或者干脆放弃尝试算了。

其结果是，你从新建议中一无所获。但是你几乎确信，你已经做出了适当努力，它已经宣告失败。你的错误在于：

CHAPTER 4

第四章 插曲：关于听从建议

在有机会看到新计划对你是否合适之前，你已经耗尽了精力，挥霍了你良好的愿望。

以下是一个很简单但非常激动人心的实验。你能做到，它也能教会你将想法付诸实施，比你从长篇大论的劝诫和讲解中学到的都要实用。方法如下：

例示

用玻璃杯的底部或任何类似的、能够帮助你画个圆圈的东西，在一张纸上画一个圆圈；然后在圆圈中间画一个十字向外延伸穿过圆圈。找一条四寸长的线，把一枚戒指或一把钥匙系在线上。提着线的一端，让戒指像钟摆一样悬在十字的交叉点上，离开纸大约一寸高。现在注意力集中在圆圈周围，用眼睛顺着圆周看，一点都不要去想戒指和绳子。

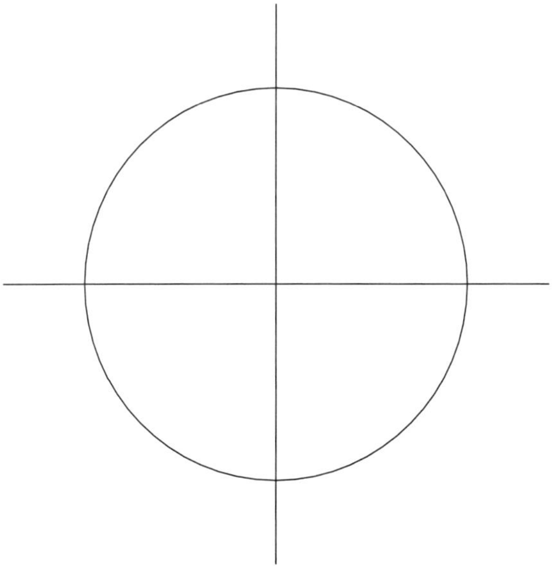

过一会儿这个小钟摆就开始朝着你选择的方向摆动。开始时晃动一个很小的圆圈，但是会不断地越晃越大。然后只在意念中开始反转方向，眼睛顺着不同的方向盯着圆周……现在开始想那条钟摆线在上下晃动；成功之后，开始把意念转移到水平方向。每一次那条绳都会停顿一会儿，然后开始按照你想的方向晃动。

如果你以前没有做过这个实验，你可能会觉得这个结果有点超乎寻常。其实不然，这只是用简单便捷的方式说明，想象力在主导行动方面有多么重要的作用。为数众多的细微而无意识的肌肉替你承担了这一任务。你明白，意志力在这种事中几乎没有起什么作用。有个法国心理学家说，在轻微创伤中，这是一种手术中进行“信念愈合”的方式。至少这应该说明了，在你的日常生活中要想做出改变，不需要调动你的每一根神经和肌肉。

正确的思维方式

在做这本书中的练习的时候，你要让自己放松下来，处于轻松愉快的状态，让你的思想随性而为。花几分钟时间，做上面推荐的这个练习。用这种方法成功几次之后，你就会发现，这种练习可以无穷尽地进行变化。

所有的小小的不方便以及习惯的改变都是为了让你的生活丰富有效。暂时忘记或忽略那些你难以释怀的困难；在你进行训练期间，不要考虑可能遇到的失败。

想想看，所有的小小的不方便以及习惯的改变都是为了让你的生活丰富有效。暂时忘记或忽略那些你难以释怀的困难；在你进行训练期间，不要考虑可能遇到的失败。在目前这一阶段，还不是你能对自己的事业做出正确评估的时候。

在你有所成就之后，你才会对那些现在觉得困难或不可能做到的事有更切合实际的看法。

今后过一段时间你就要给自己列出一个详细的清单，看看哪些事对你来说是容易做到的，哪些事你难以做到或做得不够完善。然后你再考虑采取何种措施纠正这些认定的过失。到那时你就能够按照使自己受益的方式做事，而不须垂头丧气或冒险蛮干了。

CHAPTER 5

第五章　约束无意识

- ◇ 无字的白日梦
- ◇ 朝不费劲的写作努力
- ◇ 使你的“产量”提高一倍

CHAPTER 5

第五章 约束无意识

首先，你必须教导无意识按照写作的需要流动。心理学家会谅解我们这么轻率地说要“教”无意识做这做那。对于所有的意图和目的而言都是这样的。若用不加修饰但更准确的说法，成为作家的第一步就是要约束你的无意识，让它为你的写作服务。

成为作家的第一步就是要约束你的无意识，让它为你的写作服务。

无字的白日梦

绝大多数对小说着迷的人都喜欢做白日梦，或者从童年时代开始就喜欢做白日梦。无论何时，在某种程度上他们都能沉迷于想入非非。日复一日，有时候这种想入非非就会再造生活，贴近你心目中的愿望：重新构建谈话或争论，以至于我们想象出各种会飞的颜色和像星光一样在我们周围闪烁的警句短诗；或者想象我们回到一个更简单、更幸福的年代；或者历险就在眼前，我们已经下定决心跃跃欲试。在所有那些梦想里我们是其中的主人公。这些天真的、令人满足的梦想正是小说创作的素材，是小说的第一物质基础。

这些天真的、令人满足的梦想正是小说创作的素材，是小说的第一物质基础。

等我们有了一点阅历、一点经验，就会认识到在实际生活中，不经过斗争我们是不会享受到那种荣耀的；为了充当主角，往往充满了竞争。所以，懂得了谨慎和狡诈，我们会把事情描写得有一点不同；我们把那个给了我们这么多快乐的、理想的自己客观化，用第三人称来写他。成千上万的像我们一样的人，秘密地参与到这些白日梦中，在我们虚构的人物中看到他们自己，只是他们的疲惫或因为被解除了魔力使得他们认不出书中经过巧妙伪装的自己，因此，他们乐于捧书阅读。（感谢上苍，这可不是人们读书的唯一理由；但毫无疑问，这是最普通的理由。）

勃朗特姐妹小的时候，就沉迷于她们幻想的王国。幼年时的奥尔柯特，青年时期的罗伯特·勃朗宁，还有H. G. 威尔斯都曾沉醉于各自的白日梦，一直到长大成年将他们的白日梦幻化成了文学的形式。还有成百上千的作者年轻时都有过同样的经历。但是往往，更多的成千上万的人根本没有成

夏洛蒂·勃朗特(Charlotte Brontë，1816—1855）和她的两个妹妹艾米莉·勃朗特（Emily Brontë，1818—1848）、安妮·勃朗特（Anne Brontë，1820—1849）是英国文学史上著名的三姐妹作家。出生在英国北部约克郡荒凉山区一个贫苦的乡村牧师家庭，三姐妹自幼以读写为乐，在自己创造的想象世界里调和现实生活的残酷与不幸。她们首先用笔名合作出版了一部诗集，后来在小说创作上各自显示了杰出的才华。1847 年夏洛蒂的代表作《简·爱》问世，同年艾米莉的《呼啸山庄》和安妮的《艾格尼斯·格雷》也相继出版，成为英国文学史上的佳话。

为作家。他们太害羞、太谦虚，或者太固守被动懒散地做白日梦的习惯了。不管怎么说，通常的情况是：在我们历尽千辛万苦有文字发表之前，我们早就开始通过白日梦的形式讲故事了。而将故事写出来还需要单调乏味的劳役，难怪敏捷的无意识会对此畏缩不前。

在我们历尽千辛万苦有文字发表之前，我们早就开始通过白日梦的形式讲故事了。

朝不费劲的写作努力

写作需要平时用不到的肌肉，也需要忍受孤独和静寂。就像我们经常听说的那样，如果你想写小说，练习新闻写作是个不错的开始。新闻记者的生涯确实能教会你两点。这两点是每个作家都需要学习的——一是无须疲惫不堪也可以写很长时期；二是如果一个人能够克服第一波疲惫，他就发现了精力无穷的源泉，即达到了著名的“第二次高峰”。

这两点是每个作家都需要学习的——一是无须疲惫不堪也可以写很长时期；二是如果一个人能够克服第一波疲惫，他就发现了精力无穷的源泉，即达到了著名的“第二次高峰”。

打字设备已经使得作者的写作比过去用鹅毛笔和钢笔写作要困难、冷酷和生硬许多。无论机器带来了多大的方便，毫无疑问，在打字中需要肌肉劳动；任何一个作者都会告诉你，在长时间写作之后胳膊会僵硬和疼痛。再者，键盘的敲击声肯定会分散注意力，看着一个个字母键像舞蹈一样跳动

露意莎·梅·奥尔柯特（Louisa May Alcott，1832—1888），美国小说家，自幼喜欢文学，16岁写出第一本书。《小妇人》（1868）是她最著名与最成功的作品。问世100多年以来，多次被搬上银幕，并被译成多种文字，成为世界文学宝库中的经典名作。

也一定让人紧张。但是也可以交替使用手写和打字，这样肌肉紧张就不会让你写作速度减慢或让你无法写作下去。

所以，如果你打算充分利用丰富的无意识，当无意识异常活跃的时候你必须学会轻松而流畅地写作。

要做到这一点最好的方法是：比你习惯的起床时间早起半小时或一个小时。尽可能地早起——不要说话，不要读报纸，不要抓起你前一天晚上放在身旁的书来读——立即开始写作。想到什么写什么：昨夜的梦，如果你还能记得的话；前天的活动；真实的或虚构的谈话；对意识的检查。将清晨的记忆快速而不加评判地写下来。你写得好坏或有用与否并不重要。事实上，在这种素材中你的发现会比你预期的更有价值。但是现在你的基本目的不是写出不朽的文字，而是写下任何文字，只要不是一派胡言就行。

再次重申，你现在做的其实是在半睡半醒和彻底清醒之间，锻炼自己进行纯粹的写作。即使你写下的段落乱七八糟，你的思想模糊不清或不切实际，你的念头混沌难解，那也无碍这种练习的成功。忘掉有人会批评你；

罗伯特·勃朗宁（Robert Browning，1812—1889），英国诗人、剧作家，主要作品有《戏剧抒情诗》、《环与书》等。勃朗宁发展和完善了“戏剧独白”这一独特的诗歌形式，以生动、形象的人物刻画著称，深刻而复杂地展示了人的内在心理，对英美现代诗歌产生了重要影响。《我的前公爵夫人》是其中最著名的一首。

要知道，除非你愿意示人，没有人会看到你现在写的东西。如果可以，你就坐在床上写在笔记本里。如果这个时间段你能打字写作，那就更好了。只要你有时间，尽可能地多写，或者一直写到你筋疲力尽。

第二天早上重新开始，不要重读你已经写下来的东西。记住：一定要在你没有进行任何阅读之前进行写作。这一规定的目的以后你会清楚，现在你所需要的只是做这样的练习。

使你的“产量”提高一倍

一两天之后你会发现你可以轻而易举、毫不费劲地写到一定的字数。当你发现了那个限度，就要开始多写几个句子，然后逐渐增加到多写一两段。再过一段时间，在你停止早上的写作之前，想办法多写一倍。

在很短的时间内你就会发现这种练习开始产生效果。真正的写作好像不再单调乏味了。你会开始感觉到，从写

H. G. 威尔斯（Herbert George Wells，1866—1946），英国著名小说家。他的小说创作分为三类：科幻小说、社会讽刺小说和阐述思想的小说。一生共创作了100多部作品，内容涉及科学、文学、历史、社会、政治等各个领域，尤以科幻小说创作闻名于世。著名科幻小说有《时间机器》（1895）、《莫洛博士岛》（1896）、《隐身人》（1897）、《星际战争》（1898）和《最先登上月球的人》（1901）等。

下来的文字中得到的收获要远比从你脑子里没有文字的想入非非中得到的大得多。当你一觉醒来，抓起铅笔几乎凭借冲动就能开始写作的时候，你已经做好了进行下一步练习的准备了。保存好你写的素材——锁起来，保管好钥匙，如果只有这样才能让自己避免不好意思的话。这些素材将来会有你此时无法预料的用处。

在你开始下一章的练习时，你可以重新在早上进行这个练习，写到好像自然而然就能写出来的字数限度。（但是你应该能够比你开始时写出更多的字数。）要注意：如果任何时候你发现自己想象力退化或不够活跃了，那就说明你应该给自己施加点压力。在你整个写作生涯中，不论何时，只要你面临才思枯竭的危险（即使才思最敏捷的作家也会时不时遭遇这样的危险），记住把铅笔和纸张放在你床边的桌子上，早晨醒来就开始写作。

在你整个写作生涯中，不论何时，只要你面临才思枯竭的危险（即使才思最敏捷的作家也会时不时遭遇这样的危险），记住把铅笔和纸张放在你床边的桌子上，早晨醒来就开始写作。

CHAPTER 6

第六章　按时写作

◇ 开始写作

◇ 你的承诺事关荣誉

◇ 在你选定的任何时间开始写作

◇ 要么成功，要么放弃

CHAPTER 6

第六章 按时写作

当你将上一章的建议付诸行动的时候，你就会觉得自己比以往更像一个地道的作家。你会发现，你现在想要把当天的经历诉诸文字，想预先看到你如何运用一则趣闻或一段生活插曲，想要把粗糙的日常素材变成小说的形式，而此前你只是把写作当作偶尔为之、断断续续的事情，写作时间也没有保障；或者只是在你觉得你有了一个把握十足的故事时才动笔。现在这样做更有连续性。

在你达到这种境界的时候，你就为下一步做好了准备，即教会自己在一个特定时间段内写作。最好的做法是这样的：

教会自己在一个特定时间段内写作。

开始写作

你穿好衣服之后独自稍坐一会儿，想想这一天要做的事。通常你会相当准确地知道你需要做什么，可能做什么；至少你可以想到几个你可以自由支配的大致的时间段。这不需要太长的时间，十五分钟就足够了。如果特别想要的话，几乎没有一个上班族在忙碌的一天中挤不出这十五分钟的时间。自己决定你要用来写作的这段时间，因为你打算用这段时间来写作。比如说吧，如果下午三点半你的工作能够结束，那么四点到四点十五分这一段时间你就可以毫无顾虑地划归自己支配。

那么在四点钟你要开始写作，不管发生什么事，你都要坚持写作十五分钟。当你下定决心要这么做的时候，你想做什么就做什么，或者该做什么就做什么。

你的承诺事关荣誉

下面这一点至关重要，重要到如何强调都不过分：你既然决定四点开始写作，那么一过四点你就必须写作！不要找任何借口。如果到了四点，你发现自己还在和别人谈话，你必须脱身，信守承诺。你的承诺事关荣誉，必须严格认真地履行。你自己已经做出了承诺，那就决不能退缩。如果你必须在那个时间从你朋友的头顶上爬过去，那也要义无反顾；下一次你就发现自己已经做出了努力，不会再陷入同样的困境。如果你只有躲在洗衣房里才能独处，那么就到洗衣房里去，倚着墙开始写作。

你既然决定四点开始写作，那么一过四点你就必须写作！不要找任何借口。如果到了四点，你发现自己还在和别人谈话，你必须脱身，信守承诺。你的承诺事关荣誉，必须严格认真地履行。

就像你在早晨那样写作——写什么都行。不管内容有没有意思，不管是押韵的五行打油诗还是无韵诗；写写你对上司、秘书或老师的看法；写一个故事大纲或对话片段，或描写一个你最近注意到的人。不管写得多么缺乏连贯、马虎潦草，都要坚持写下去。如果你必须写，你就能写。“我发现这个练习相当困难”，那么写出来你认为造成这种困难的理由。一天一天地改变抱怨，直到你再也不会觉得困难。

CHAPTER 6

第六章 按时写作

在你选定的任何时间开始写作

你要日复一日地这么做，但是每次你都要挑选一个不同的时间。试试十一点或者午饭前后的时间。再换一个时间写作，比如在你傍晚要动身回家前的十五分钟，或者晚饭开始前的十五分钟。重要的是在那个时间，就在那个你选定的时间，你一定要写作，你自己要清楚，当那一刻来临的时候，不要找任何借口影响写作。

重要的是在那个时间，就在那个你选定的时间，你一定要写作，你自己要清楚，当那一刻来临的时候，不要找任何借口影响写作。

当你只是读到这个建议的时候，你也许不能完全明白为什么要如此强调。当你真正开始练习的时候，你就会明白。在这样的时刻，比起前几章的练习，你内心深处更有可能出现对写作的抗拒。在无意识看来这又开始“例行公事”了，无意识不喜欢这些规矩，直到这些规矩被完全打破；对于例行公事它非常懒惰且积习难改，总是想找最容易的办法来满足自己。它喜欢随兴所至，顺其自然。

你会发现一系列最明显的障碍司空见惯似的呈现在你面前：可以肯定的是，在四点零五分到四点二十分之间写作也同样合适吧？如果你中断了一件正在进行的事，你会受到置疑，那么为何不等到那件事完了之后，你再另找十五分钟时间呢？一大早醒来你不可能预见到白天的工作会让你忙得焦头烂额，那么在忙得焦头烂额的情况下你再那样做合适吗？如此等等。但是你必须要学会对狡猾的无意识提出的种种借口置若罔闻。如果你坚持不懈地、坚定不移地拒绝误导，你必然有所收获。无意识会突然屈服，开始让你优雅而流畅地写作。

如果你坚持不懈地、坚定不移地拒绝误导，你必然有所收获。无意识会突然屈服，开始让你优雅而流畅地写作。

要么成功，要么放弃

至此，我要发出你在本书中能找到的、最严肃的警告：如果你总是做不了这个练习，就放弃写作吧。你对写作的抗拒实际上要大于你对写作的愿望，迟早你都会找到其他途径释放你的精力。

> 这两个奇怪而专横的练习——早晨写作和预先安排时间进行写作——应该一直保持下去，直到你能够随心所欲地写出流畅的文字。

这两个奇怪而专横的练习——早晨写作和预先安排时间进行写作——应该一直保持下去，直到你能够随心所欲地写出流畅的文字。

CHAPTER 7

第七章　第一次检查

◇ 以批评的眼光阅读你的作品

◇ 模仿的陷阱

◇ 发现你的力量

◇ 给教师的一个提醒

CHAPTER 7

第七章 第一次检查

当你养成这两个习惯（清晨写作或自己约定时间写作）你已经踏上了成为作家的漫漫长路。一方面，你文笔流畅了起来；另一方面，你学会了控制时间，虽然这只是初级阶段。

和你刚开始做这些练习的时候相比，你对自己有了更多的了解。其一，你知道学习持续不断的写作是否容易，或者预先约定写作时间是否更加自然。也许你有生以来第一次发现，如果你想写作，你就能写作；如果你迫切地想找时间写作，生活其实根本不会忙到你连那点时间都挤不出来。其二，你应该开始意识到，那些能够写出一本接一本书的作家其实没那么神奇，你也应该能够找到在别人的书中读到的同样取之不尽的写作源泉。写作中的体力劳作应该不再让你疲惫而开始变成了一种简单的活动。你对作家生活的认识可能比以前更加具体生动，也更接近真实的情况——这本身就是向前迈进了一大步。

当你养成这两个习惯（清晨写作或自己约定时间写作）你已经踏上了成为作家的漫漫长路。

现在应该再次客观地审视你自己和你的具体困难了。如果这些练习做得很好，你应该有充足的素材进行第一次检查了。

以批评的眼光阅读你的作品

在此之前，你最好抗拒重读你的作品的诱惑。当你正处于训练自己写作技巧的阶段，正在学习抓住任何时间和地点写作的阶段，你对自己的写作挑剔得越少越好——即使是草草地检查一遍也要少看为妙。在这个阶段你的写作是优美绝伦还是陈词滥调并不重要。

现在回过头来，平心静气地仔细检查，看看有何发现。你会觉得那些写作非常有启发。

模仿的陷阱

你应该记得，我们前边讲好的一个条件是，在早晨开始写作的时候你不应该读一个字；如果可能，在你的写作完成之前你最好也不要说话。原因就在这里。

我们生活在被文字重重包围的世界里。如果没有长期的

威廉·福克纳（William Faulkner，1897—1962），美国小说家，南方文学的代表。1949 年获诺贝尔文学奖。共创作了 19 部长篇小说与近百篇短篇小说，著名的长篇小说有《喧哗与骚动》（1929）、《我弥留之际》（1930）、《八月之光》（1932）、《押沙龙，押沙龙！》（1936）和《去吧，摩西》（1942）等，短篇小说代表作有《献给艾米丽小姐的玫瑰》等。他的大部分作品的发生地都是美国南方的约克纳帕塔法县，这是他虚构的地名。这些小说因而被称为约克纳帕塔法世系。

福克纳的作品既深刻地反映了社会历史，又具有强烈的现代意识。他对时空跳跃、多重叙事结构等现代小说技巧运用得十分娴熟，丰富了小说创作手段。

经验，我们很难发现自己的写作格调，以及真正对我们有吸引力的主题和素材。那些足够敏感、热切想要成为作家的人一般都太容易受到影响。不论是否意识到，他们都可能受到模仿成名作家的诱惑。这位成名作家也许是真正的写作大师，也许只是享誉一时（更经常的是这种情况）。教过小说创作的人都可能经常听到学生说这样的话："哎呀，我刚才构思的故事就像是最经典的福克纳故事！"或者更雄心勃勃的话："我认为我经常能像弗吉尼亚·伍尔芙一样写作。"如果老师直言不讳地说她更愿意看到学生写出自己的好故事，老师就会被指责为过于一本正经，或引起学生义愤填膺的争辩。

那些足够敏感、热切想要成为作家的人一般都太容易受到影响。不论是否意识到，他们都可能受到模仿成名作家的诱惑。

因为孜孜不倦地追求模仿，不但模仿写作风格，甚至模仿时下著名作家的主题思想和叙事形式，这种方法被极力推崇、反复灌输给初学写作的人，以至于他们真的相信：通过

弗吉尼亚·伍尔芙（Virginia Woolf，1882—1941），英国小说家、批评家，现代主义与女性主义的奠基人之一。著名小说有《雅各的房间》（1920）、《达洛维夫人》（1925）、《到灯塔去》（1927）、《海浪》（1931）和《岁月》（1937）等。她的文学批评名篇有《现代小说》（1919）、《普通读者》（1925）、《自己的房间》（1929）等。她从时间安排、叙述角度和结构布局等方面大胆探索现代小说形式，对深刻描写人们心底的意识流动做出了积极贡献。其文学成就和创新对现代文学产生了重大影响。

那些作为他们模仿榜样的人，自从他们带着强烈的个人天赋特征进行写作以来，根据各自的品味，不断成长、调整、改变他们的风格和“模式”。

模仿他们将成为有创造力的一流作家。那些作为他们模仿榜样的人，自从他们带着强烈的个人天赋特征进行写作以来，根据各自的品味，不断成长、调整、改变他们的风格和“模式”。那些可怜的孜孜不倦的模仿者被不断抛在后面，只能模仿过时的作品。

发现你的力量

避开模仿诱惑的最好办法是尽早发现自己的品味和优点。

避开模仿诱惑的最好办法是尽早发现自己的品味和优点。你在培养写作习惯时写下的成摞的纸张对你来说是素材积累的无价之宝。总的来说，当你想好了要写一件事的时候，你写下了什么？现在就像你拿到一个陌生人的作品一样，认真地阅读吧，要从中发现这个孤零零的作家可能具备的品味和天赋。对自己的作品不要有任何先入为主的想法。尽量忘记你过去所有的抱负、希望或恐惧，看看如果这个陌生的作家向你咨询意见，你能找到的、最适合他的领域是什么。

这些习作中不断反复出现的想法和经常使用的叙事形式会给你提供线索。它们会显示出你独具的天赋表现在哪里，你是否会最终决定专攻那个方向。

这些习作中不断反复出现的想法和经常使用的叙事形式会给你提供线索。它们会显示出你独具的天赋表现在哪里，你是否会最终决定专攻那个方向。没有理由相信，你只会写一种类型的作品，而不会在各个方面获得全面的成功；但是这种检验会显示出你最丰富的源泉、最容易写出来的风格是什么。

根据我的经验，那些写夜晚做过的梦，或者把前天的经历进行理想化的描写，还有那些在清晨的练习中写出一则完整的逸闻趣事或一篇尖锐的对话的学生，很有可能成为短篇小说作家。善于进行一定类型的人物描写，篇幅简短而具备相当普遍（或者甚至是明显）的特征的学生，也具有同样的发展苗头。对人物分析透彻，考虑行动的动机，具有敏锐的自我审视（与将自己的行动理想化形成鲜明的对比），塑造不同人物在面临同样困境时的冲突，这样的人极具长篇小说家的潜质。喜欢沉思冥想或对一件事反思自问的描写方式通常出现在散文家的笔记中。但是添加一些戏剧冲突的元素，通过人物展现不同的思想，把一个抽象的想法拟人化，这样的写作往往能发现一个更善于心理描写的小说家的苗子。

当教学指导进行到这个阶段的时候，我教的班上经常会爆发出一个相互激励的写作高潮。在写作中看到潜质和可能性，他们现在觉得几乎毫不费力就能做到这一点。学生经常把作品分门归类，他们简单地把这看成是消遣，而在他们的“工作”时间去推敲更困难的问题。这些随兴所至的写作手稿通常很有趣，经过一些修改加工就能变成令人满意的作品。它们有点布局凌乱、东拉西扯，同时它们有一种令人印象深刻的清新自然的笔调。到了这个时候你会发现你的作品已经不是那么不完整和缺乏稳定性了；你正在开辟自己的道路，寻找自己的风格，也正在发现你对哪种主题有持续不断的兴趣。

给教师的一个提醒

在这里我应该为其他教师增加一个注脚作为提醒，而不在班上逐一举着学生的作品让其他同学来批评是个非常有害的、彻头彻尾的错误做法。

是提醒那些学习写作的学生。我认为，在班上逐一举着学生的作品让其他同学来批评是个非常有害的、彻头彻尾的错误做法。它不会因为没有指名道姓而在公开场合阅读学生的手稿就会变得无害。

这种折磨太考验人了，它很难被平静地接受。无论这种批评是否善意，都可能使一个敏感的作家因此悲惨地扔掉自己的风格。当一个初学者被他的同学评判时，这种评判很少是善意的。虽然他们自己还没有写出完美的作品，他们似乎需要展示，他们能够从一个故事中挑出所有的毛病，然后他们露出青面獠牙，猛烈抨击。等到学生自然地树立起足够的自信心之后，主动要求小组批评时，教师应该以信任的态度对待他的作品。

每个人的成长快慢各有不同，如果不是因为尴尬和害羞而退步，他都会稳步前进。在对待学生的作品时，我推荐采取一种不近人情的沉默态度，至少对于此刻尚处于写作中的作品如此。曾经有好几个星期，即使是班上最好的学生，我也不收他们的作业。到了这段沉默期的最后，只有一个学生交了三四页作业。除了规定要每个学生完成布置给他们的练习以外，不管我是否看到了日常写作的素材，我都不布置任何作业。

CHAPTER 8

第八章　批评自己的作品

◇ 两个自我间的对话

◇ 建议要具体

◇ 批评之后的修改

◇ 优秀作品的条件

◇ 规范日常行为

CHAPTER 8

第八章 批评自己的作品

现在我们可以说，你对自己成为作家有了一个初步的想法。因为你的谦卑或过分自信，目前这个想法还很肤浅，不过以后还会有所改变。但是它至少与你最终要从事的作家职业方向一致，值得继续为之努力。即使在这种未完成的状态下你也会认识到，你有确定的事情可以做，这些事可以改善你的写作质量，提供写作的机会，或激励你能够自然而然地写作。

现在应该唤醒你没有想象力的自我，要“他”来服务和回报你。（事实上，“他”已经被召唤来阅读你写的那些素材，并从中发现你自己表露出来的品味，但那只是初步的回报。）你一旦把这些丰富的素材交给“他”，“他”就能为你做事，且有上百种不止。但是如果过早地唤醒“他”，那么“他”给你的打击要远远大于给你的帮助。

你要用日常的眼光、平时的想法来审视这些日积月累的素材和笔记。通过上一章推荐的那种粗略的检验方法，你已经发现了自己作品中明确的写作倾向。现在应该更具体、更详细地审视你所写过的东西。在你训练自己的无意识只要有时间写作就要随时随地发挥作用的时候，你日常的自我已经靠边站，让位于无意识了；现在你会发现，你日常的自我又

你要用日常的眼光、平时的想法来审视这些日积月累的素材和笔记。

频繁地发挥作用，评估你的成败，并且准备给你提出建议了。

两个自我间的对话

下面几段话非常天真，非常明显地具有双重性，比你和自己以前的任何对话都令人吃惊，但是你天性中的两面现在应该进行类似的对话：

“你知道吗？我发现你的对话写得很好；显然，你听觉敏锐。但是你整篇的描写部分不太好。夸夸其谈，装腔作势。”

这时，被批评的一方可能会暗自嘟囔几句诸如喜欢写对话、但是在没有引号保护而进行描写的时候就会觉得有点愚钝。

“当然了，你喜欢写对话，”你必须回敬，“那是因为你写得好。但是你难道没有认识到，如果你整篇作品不能描写顺畅，过渡自然，你的故事就会显得忽好忽坏吗？我要警告你，你最好下定决心，要么写小说，要么专攻戏剧创作。无论选哪条路，你都要做很多努力。”

“你说应该选哪条路？你不是知道的和我一样多吗？”

“那好，总的来说，写小说吧。你对戏剧冲突和场景效果，或者对表现视觉高潮，还没有表现出太多的兴趣。你展示人物非常缓慢，而且总是用对话。如果你有用之不尽的时间和纸张，毫无疑问你会只用对话来表达你的主题。但是，你看，你必须要考虑空间和效果。你必须采取一些平铺直叙的方式。总而言之，我认为我们最好从你的薄弱环节入手。你可能读过很多爱德华·摩根·福斯特的作品。他每一个方面都做得非常好。同时，这里有一段话你要用心体会。这是摘自伊迪丝·华顿的《小说创作》：

> 小说中使用对话好像是几个确定的规则之一。它应该用在故事最高潮的时候，就像叙述的惊涛骇浪冲破了堤岸，向岸边的观潮者喷涌。这种波涛的升高和荡漾，这种浪潮的喷涌，即使只表现为一页纸上被分割成简洁明快、长短不一的段落，都能帮助加强这种故事高潮和平铺直叙之间的对比。这种对比增强了段落的时间感，为了创作这个段落作家必须依赖他的叙事能力。因此，对话的应用不仅是为了强调故事的冲突和高潮，而且是为了总体上增强故事持续发展的更大效果。”

或者这种告诫的方式可以从评价问题较小的语言风格入

爱德华·摩根·福斯特（Edward Morgan Forster，1879—1970），英国著名作家。其作品主要有长篇小说《天使不敢涉足的地方》(1905)、《最漫长的旅程》(1907)、《看得见风景的房间》(1908)、《霍华德庄园》(1910) 及《印度之行》(1924) 等，短篇小说集《天国驿车》(1911) 和《永恒的时刻》(1928) 等。《小说面面观》(1927) 收录了他应邀在剑桥大学就小说创作的理论问题所作的一系列演讲，不仅有对小说创作的理论分析，而且有来自创作实践的经验总结。

手。你要对自己这样说："顺便说一句，你是否意识到你有些滥用'多彩的'这个词？每次当你急于找一个精确的词又找不到的时候，你都用'多彩的'，这个词都被你用得烦死了。这是个太马虎的习惯。首先，这个词的意思太模糊，达不到你想要表达的效果。其次，眼下全国的广告都用这个词，暂时别用了吧。"

建议要具体

虽然你的对话可能不会这么直截了当，但还是建议你直接讨论这些问题，而且要尽可能地提出具体的改正意见。这样你更容易记住那些地方，而且强化你的不满意，以至于你必须采取措施改正那些随意的习惯。否则就干脆承认你没有认真地对待你选定的这个职业。

把能够找到的错误明白无误地标出来。如果你怀疑因为某

伊迪丝·华顿（Edith Wharton，1862—1937），美国女作家。她一共写了19部中长篇小说，出版过11本短篇小说集，还有大量的非虚构类作品。著名作品有长篇小说《欢乐之家》（1905）、《纯真年代》（1920）、《月亮的隐现》（1922），中篇小说集《老纽约》（1924），论述小说功能与写作方法的《小说创作》（1925）和自传《回顾》（1934）等。

伊迪丝·华顿的小说以描写美国上流社会的世态风俗而见长，即19世纪40年代到70年代的纽约旧事。她观察敏锐，文笔优美，抒情中又穿插着微妙的讽刺，形成她独特的文风。

种原因还有些错误你自己看不出来，就把你的作品拿给别人看，只要你相信他的良好品味和判断力。你会经常发现，一个对文学知识不装腔作势的人仔细阅读之后，能够准确地指出你风格上的毛病，就像作家、编辑或教师一样。但是只有在你自己已经尽了全力修改之后，才把作品拿到外面听从别人的意见。长远来看，正是你自己的品味和你自己的判断力才能让你跨过那些陷阱。你越早学会自己驾驭自己的写作特点，你的前景就越好。

长远来看，正是你自己的品味和你自己的判断力才能让你跨过那些陷阱。你越早学会自己驾驭自己的写作特点，你的前景就越好。

批评之后的修改

标明所有你有疑问的地方。你是否用了太多简短的祈使句？或者太多感叹号？你的用词是夸大花哨，还是简约精确？你的文笔是否平淡无奇，以至于你对一个情感场景的描写总是一笔带过，而使读者难以领会你想要传达的意思？你是否沉迷于对耸人听闻的凶杀场景的渲染而减少了可信度？一旦发现问题，就要尽快找出对策。

总是觉得平淡无奇的作家要强迫自己阅读史文朋，或卡莱尔，或者阅读当代作家也可以，只要这个作家的特点是激

阿尔杰农·查尔斯·史文朋（Algernon Charles Swinburne，1837—1909），英国维多利亚时代的重要诗人、文学评论家。

托马斯·卡莱尔（Thomas Carlyle，1795—1881），英国著名散文家和历史学家，主要作品有《法国革命》(1837)、《论英雄、英雄崇拜和历史上的英雄业绩》(1841)、《过去与现在》(1843) 等。

情四溢而不是庄重得体。过于激情洋溢的作家要反过来阅读相应的作家作品，比如读一些 18 世纪的英国作家，或者像威廉·迪安·豪威尔斯、薇拉·凯瑟、艾格尼丝·雷普利尔这样的美国作家。如果你缺乏想象、文笔枯燥、句子啰唆，G. K. 切斯特顿的小说课程会对你有所帮助。

当你找到了对策之后，要虚心阅读，下决心发现那些真正能够唤起你希望拥有的作家的优点。

相关的推荐可以有很多。但是你必须学会诊断自己的情况，又能对症下药。当你找到了对策之后，要虚心阅读，下决心发现那些真正能够唤起你希望拥有的作家的优点。当你开始锤炼你的写作风格时，不要有任何约束。一定要把那些通常吸引你的书弃置一旁。

优秀作品的条件

下一步，你要训练自己：是否能够发现清晨写的一篇好作品和前一天晚上状况之间的联系。你能否说明这篇好作品是因为你度过了积极的一天或安静的一天？你早点上床睡觉能写得更轻松，还是熬夜之后写得更流畅呢？你前一天见到

威廉·迪安·豪威尔斯（William Dean Howells，1837—1920），美国小说家、文学批评家。创作了近 40 部长篇小说，以及不少诗歌、游记、文学评论。主要作品有《塞拉斯·拉帕姆的发迹》（1885）、《一个现代的例证》（1882）、《新财富的危害》（1890）、乌托邦小说《从利他国来的旅客》（1894）及其续篇《透过针眼》（1907）等。豪威尔斯是美国现实主义文学的杰出代表，为美国文学艺术学会第一任主席。

的朋友和第二天早上写作的好坏，二者是否有必然的联系呢？如果晚上你去了戏院或参观了画展或参加舞会之后，第二天醒来你的写作状况如何？

注意这些事情，尽量把不同类型的活动安排妥当，以确保你能够写出好的作品。

规范日常行为

接下来，要把注意力放在你的日常行为上。绝大多数作家之所以著述丰富，是因为他们过着一种简单健康的日常生活，只是偶尔放松娱乐一下。这里你触及了平淡无奇的生活意识的底线，因为你必须对这些事情做出决定：哪种饮食适合你，哪些食物你必须放弃。如果你打算写作一生的话，这就是支撑你做出选择的理由：你必须学会不连续使用刺激品来工作。所以要清楚哪些是你能够经常用的东西，哪些是必

绝大多数作家之所以著述丰富，是因为他们过着一种简单健康的日常生活，只是偶尔放松娱乐一下。

薇拉·凯瑟（Willa Cather，1873—1947），美国女作家。以自幼所熟悉的西部边疆生活为题材，创作富有地方特色的作品。著名作品有《哦，拓荒者们!》（1913）、《我的安东尼亚》（1918）、《一个沉沦的妇女》（1923）、《教授的住宅》（1925）等。凯瑟的作品结构匀称，节奏舒缓，文字清新，流畅自然。

艾格尼丝·雷普利尔（Agnes Repplier，1855—1950），美国散文家，著名作品有《追求笑声》（1936）、《书籍与人》（1888）、《观点》（1891）等。

须戒掉的习惯。养成良好习惯的方法不是短时间内进行冲刺式的大量工作，而是要保持一个良好的、持续的、令人满意的状态，还能够朝一个伟大的目标稳步地、不间断地提升水平，而很少会下降到正常水平以下。每两三个月或至少一年两次，罗列一个完整的实际的日常行为清单，这将有助于你保持最佳状态，创作出最丰富的作品。

在你进行这个诚实的、胜负攸关的对决时，应该问问自己：日常生活中，情绪化的一面是否太多了？你是否发现，在需要不带偏见地进行观察时，在需要作出不动情感的公允判断时，你是否太情绪化、太刚愎自用了呢？如果你生气、嫉妒或沮丧的时候，你会克制自己吗？这些都是需要冷静思考并加以克服的方面。生气、嫉妒和沮丧是你灵感之源的毒药，你把这些处于萌芽状态的迹象消灭得越早，你的写作就会越好。

生气、嫉妒和沮丧是你灵感之源的毒药，你把这些处于萌芽状态的迹象消灭得越早，你的写作就会越好。

当你有这些问题的时候，要把它们彻底清除干净。这种细致的自我分析应该少做，但是一定要做好。你不但要严格

G. K. 切斯特顿（Gilbert Keith Chesterton，1874—1936），英国著名作家。其创作领域广泛且多产。著名作品有诗集《野骑士》（1900），长篇小说《诺廷山上的拿破仑》（1904）、《星期四的男人》，系列侦探小说《布朗神父》，文学评传《罗伯特·布朗宁》和《查尔斯·狄更斯》等，政论文集《何谓正统》、《被告》（1901）和《异教徒》（1905）等。切斯特顿博学多才，想象奇伟，运笔讥诮，风格瑰丽。

要求自己，还要善待自己。一味地指责和漫无原则地自夸都对你无益。如果有一种类型的作品你特别擅长，那就千方百计地弄清楚以鼓励自己。把自己写得好的作品当作一个标准，同类的作品另当别论。

每一次经过这种阶段之后，你会发现你更加清楚地认识了你自己、你的长处和你的弱点。开始的时候你可能会强调一些方面而忽视另一些方面，后来你会为自己对同样重要的方面竟然视而不见感到吃惊。但是你会学到如何对自己的进步保持友好的、批评的看法，应该采取何种步骤使自己接近目标。

再说一遍：不要总是挑剔唠叨、提意见、发牢骚。当你觉得会从一种行为习惯中受益的时候，给它约定时间，坚决执行，接受你提出的建议；然后再不加思考、顺其自然地生活，一直到下一次需要彻底检查的时候。

CHAPTER 9

第九章　像作家一样读书

◇ 读两遍

◇ 总结判断与细节分析

◇ 第二遍阅读

◇ 重要的地方

CHAPTER 9

第九章 像作家一样读书

在经过了周期性的日常生活习惯的调整之后，为了从正确的阅读中受益，你必须费点劲儿学会像作家一样读书。任何一个对成为作家感兴趣的人都对自己读过的每本书有一定的看法，而不仅仅是把读书作为一种娱乐。但是要想有效地阅读，就需要看一本如何能够帮助你提高写作的书。

大多数未来的作家都是书虫，很多人都对书籍和图书馆着迷。但是如果阅读只是为了分析一本书，或纯粹为了学习它的风格、结构，或者看作者如何处理他的问题，则经常会有人对此深恶痛绝。对于把他喜欢的作家放在显微镜下剖析的做法，很多人会心怀抱怨，因为他们觉得，这样做再也不会对一本书着魔和痴迷了，不像他们过去读书只是为了欣赏而不是批评。事实上，当你学会了批评式的阅读，你会发现其乐趣要比只是欣赏式的阅读更加浓厚；当你执迷于要剖析一本书为什么让人读来觉得呆板、生硬的原因时，即使一本坏书你也会变得能够容忍。

事实上，当你学会了批评式的阅读，你会发现其乐趣要比只是欣赏式的阅读更加浓厚；当你执迷于要剖析一本书为什么让人读来觉得呆板、生硬的原因时，即使一本坏书你也会变得能够容忍。

读两遍

要像作家那样阅读，唯一的途径就是任何东西都要读两遍。

要像作家那样阅读，唯一的途径就是任何东西都要读两遍。对于需要研究的故事、文章或小说，都要很快地不加评论地读上一遍，就像当你对一本书没有要求而只是欣赏它的时候一样。

当你读完之后，把它暂时放在一边，然后拿起一支铅笔和记事本，准备详细地再读第二遍。

总结判断与细节分析

对刚读过的书写一个简短的大纲，做一个总结评价。

对刚读过的书写一个简短的大纲，做一个总结评价：你喜欢它，或不喜欢它；相信它，或留有疑问；你喜欢其中的一部分，而对其余部分不感兴趣。（以后如果你喜欢，也可以对它做一个道德评判，但是现在你只要能够辨明就行，最好把你的判断力限制在作者意图上。）

继续扩大这些单调的问题。如果你喜欢，为什么喜欢？如果你开始给出的答案含糊不清，也不要气馁。你还要再读一遍那本书，这样就会有第二次机会看看你能否发现原因所在。如果你觉得这本书只有一部分是好的，而其余部分相对较弱，看看你是否能够看出来这个作者什么地方让你不满意：是因为人物雷同描写得不好，还是偶尔出现了情节不连贯呢？你是否知道你之所以有这种感觉的原因是什么？

有场景给你留下了突出的印象吗？是因为它们描写得很好，还是因为一个机会被愚蠢地浪费掉了？记住任何吸引了你注意力的章节，不管什么原因。对话自然吗？或者如果从风格上分析它的叙述套路目的明确吗？还是暴露了作者的局限？

CHAPTER 9

第九章　像作家一样读书

到这个时候，你已经知道了自己的一些弱点。那么你正在阅读的作者如何处理对你来说是困难的情形的呢？

第二遍阅读

如果是一本好书，你列出的问题应该很长而且有探索性，你的回答一定要尽可能具体。如果不是特别好，先找出它的弱点，然后再放在一边，也就足够了。当你完成了你的阅读大纲，并且尽可能回答了自己提出的问题之后，检查一遍那些你不能够完全回答的问题，或者那些如果你进一步阅读，就似乎有可能找到更好答案的地方。

然后，从第一个词开始，慢慢地、透彻地阅读第二遍。如果那些答案渐渐清晰了，要随时记下你的答案。如果你发现某些段落写得特别好，尤其是如果作者能够娴熟地运用你难以处理的素材，就把那些地方标出来。以后经过更进一步的分析，你就可以再回过头来，用它们作为参照加以学习。

你现在知道应该如何结束一个故事。请对书中较早的部分中能够提示故事结束的线索保持警觉。第一次被提到引起主要情节冲突的人物特征是在哪个地方？对此的描写是流畅自然、复杂微妙，还是给人生拉硬拽之感？第二遍阅读时，你是否发现了虚假的线索——去掉这些线索，这本书反而更加真实；或者那些扭曲了作者意图的部分——虽然这些段落加进来一个不必要的因素或者是误导了读者，但是它们加进来是有道理的吗？认真地读一遍这样的段落和章节，确保你不会漏掉作者的完整意思。在你做出结论说作者犯了错误之前，确保你的结论是对的。

重要的地方

如果你带着批判的眼光认真地阅读，你从中所获得的激励和帮助是无穷的。

如果你带着批判的眼光认真地阅读，你从中所获得的激励和帮助是无穷的。要全神贯注地阅读，注意书的节奏。当作者想要强调的时候它的节奏是变快了，还是慢下来了？仔细寻找它的独特风格和喜欢用的词，自己判断是否值得你在自己的写作练习中加以尝试，或者它太具有作者的特色了，你即使学会了它的结构也不会有回报。他是如何将众多的人物安排在一个又一个场景中的，或者如何显示时间的过渡？当他将注意力集中在一个人物上，然后又转移到另一个人物的时候，他是否改变了用词？是否加以强调？他采用的是全知全能的视角，还是将故事的讲述明显地局限于一个人物，让读者随着这个人物的视角理解故事的发展？还是他先从一个人物的视角讲述故事，然后又转到另一个人物，再转到第三个人物？他如何进行反衬和对比？比如，他是不是让人物和背景有冲突——就像马克·吐温把他的康涅狄格的美国佬放在亚瑟王的时代？

马克·吐温（Mark Twain，1835—1910），美国现实主义文学的奠基人。他的主要作品有成名作短篇小说《卡拉维拉斯县的著名跳蛙》（1865），早期长篇幽默作品《傻子出国记》（1869）和《艰苦岁月》（1872），以及传世经典《汤姆·索亚历险记》（1876）、《密西西比河上》（1883）与《哈克贝

CHAPTER 9

第九章 像作家一样读书

每个作家都会问自己问题，并找出自己的答案和建议。这样读了几本书之后——如果你想充分利用别人的作品，你就必须读两遍——你会发现你可以同时既为了娱乐也为了批评而读书。等到第二遍阅读时，只读那些作者要么写得最好、要么写得最坏的章节。

利·芬历险记》(1885) 等。他的短篇代表作有《竞选州长》(1870)、《百万英镑》(1893) 和《败坏了赫德莱堡的人》(1900) 等。

美国著名作家海明威曾说过："全部美国现代文学源于马克·吐温写的一本书《哈克贝利·芬历险记》……这是我们所有的书中最好的一本。"威廉·福克纳说："我认为马克·吐温是第一位真正的美国作家，我们都是他的后继人。"

康涅狄格的美国佬出自《亚瑟王朝中的康涅狄格美国佬》，讲述的是一个生活在19世纪的美国机械工人汉克·摩根，意外地来到了六世纪的英国，试图在那里建立民主制度，最终宣告失败。

CHAPTER 10

第十章　关于模仿

◇ 模仿优秀的技巧

◇ 如何安排字数

◇ 对抗单调

◇ 选新鲜的词

CHAPTER 10

第十章 关于模仿

现在谈谈模仿练习。当你在别人的写作中发现对你自己的作品有用的素材时，才是模仿对你唯一有用的方式。不应该直接采用其他小说家的人生哲学、思想和戏剧观。如果你发现你和他们志趣相投，只要你能做到，就应该返回到那些作家的思想源头上去。认真研究来自源头的思想，绝不要因为你喜欢的作者在他的作品中那样用而取得了暂时的成功，或者因为另一个作者能够有效地使用，你就在你的作品中使用。只有当它们得到你深深默许的时候才用到你的作品中。只有在你完全熟悉和接受它们，并使之成为你自己的东西时，才能在作品中使用。

当你在别人的写作中发现对你自己的作品有用的素材时，才是模仿对你唯一有用的方式。

模仿优秀的技巧

优秀的技巧可以模仿，而且这种模仿好处很大。如果你发现了一篇作品，不管长短，只要看起来比你能够写出来的东西好得多，那么就要坐下来仔细研究。

这种研究比你从整体上研究你引为楷模的书或故事要更加仔细认真。要逐字逐句分开细读。如果可能，在你自己的作品中找一篇同样的作品作为对比。比如，让我们这样说

要逐字逐句分开细读。如果可能，在你自己的作品中找一篇同样的作品作为对比。

吧，你遇到了绝大多数作家开始写作时都会遇到的棘手问题——表达时间的推进。要么你的情节发展漫无目的，给故事人物安排很多无关紧要或令人困惑的活动，带着他从一个重要场景转到另一个场景；要么在两段描述之间你无端地把他突然放下，又毫无来由地突然捡起来接着写。

在你正在研读的这个故事中，它要和你想写的故事长度相当。你发现作者能够熟练自如地处理场景之间的更换，写得恰到好处，但是又不着一字，来传达两个场景之间时间的推进。那么请问他是怎么做到的？他用了多少个字？如果觉得靠数字数就能学到什么，这乍看起来的确荒唐，但是你很快就会认识到，一个好作家就具备这种恰如其分的本领。他是个艺术家，能感觉到把他的人物从一个场景转移到另一个场景中需要多少空间。

如何安排字数

我们举例说吧，在一个五千字的短篇小说中，你所模仿的作者用了一百五十个字描写他的主人公生活中的不怎么重要的一天一夜。那么你呢？或许会用三个字，或者用一句话这样写：第二天，康拉德如此这般。[①] 总的来说，这字数有点太少了。或者尽管康拉德的夜晚和早晨就故事本身而言并不重要，尽管你已经在刻画主人公方面用完了所有的空间，

---

① 我接着要说的是，有些时候这些字“第二天，康拉德如此这般”恰恰是用来转换场景的字数和强调用法的。我们目前正在假设就你所写的故事而言这种过渡太过于匆忙了。

一旦你开始了，你也许需要六百字或一千字来描述他一天中完全不相干的事情，只是因为你没法停下来不写他。

你学习的那位作者如何运用那些你数过的字数？他是否在对故事平铺直叙之后，又插入几段话来进行间接描写呢？他是否选择使用了一些表达动作的词，显示他的主人公虽然当时并没有做什么事去推进故事情节发展，却仍然内心丰富呢？他为故事的结局埋下了什么线索，让他能够回归到真正的行动上去？

当你能够用这种方式尽可能多地有所发现时，自己写一段话，逐句模仿你的榜样。

当你能够用这种方式尽可能多地有所发现时，自己写一段话，逐句模仿你的榜样。

对抗单调

也许你还会觉得自己的写作很单调，动词紧挨着名词，副词紧挨着动词，整页整篇都是僵化雷同的句子。你正在研读的作者的作品中，句型结构变化无穷，节奏韵律丰富多彩，读来让人愉快，你对此印象深刻。

为了惟妙惟肖地模仿，真正的学习方法如下所示：作者的第一个句子有十二个字，你也写一个十二个字的句子。他的开头是两个词，第三个词是一个两个字的名词，第四个是一个四个字的形容词，第五个是一个三个字的形容词，如此等等。你也写一个句子，每个词的字数和这个作者在这一句话中用的每个词的字数都完全对应，名词对名词，形容词对形容词，动词对动词，要保证这些词和例句中的词的重读音节都完全相同。

挑选一位作家，他的风格要对你自己有帮助。

挑选一位作家，他的风格要对你自己有帮助。这样无论从句子构成、文风节奏等方面，你都能从中受益良多。你不能指望、也不需要经常这么做，但是偶尔为之得到的帮助是显著的。你会更加了解你阅读中音调和节奏的变化，而且能够从阅读中学习。一旦通过努力学会了分析一个句子的不同组成部分，并且能够自己写出一个类似的句子，你就会发现，你自己头脑中的某一部分从此觉醒了，对以前你不易察觉的微妙之处变得敏感了。

选新鲜的词

不管读什么，都要悉心留意那些恰如其分的用词。

不管读什么，都要悉心留意那些恰如其分的用词。但是在你使用这些词之前，一定要确保它们和你自己的习惯用词贴切一致。读一本同义词词典。一位教过我的老教授曾经这样蔑视地说："生动的动词"远没有一个在生动的故事中符合上下文语境的词有用。不过如果使用得当的话，同义词词典是一个好工具。

最后，回到你自己的写作中，用新的眼光再读一遍，就像马上要拿去出版一样。是否还存在通过修改能让你的作品更加生动、丰富和有力的地方呢？

CHAPTER 11

第十一章　学会重新看世界

◇ 习惯的盲区

◇ 重复的原因

◇ 再次体验纯真的眼神

◇ 大街上的陌生人

◇ 美德的奖赏

CHAPTER 11

第十一章 学会重新看世界

习惯的盲区

真正的天才始终都能保持盎然的兴趣和生动的记忆，就像一个敏感的孩子看到不断扩展的新世界一样。我们很多人能够把这种反应保持到青少年时期，很少有成年人能够有幸把这种新鲜感保持到他们的日常生活中。即使在年轻的时候，我们大多数人也只是有些时候才会意识到这一点。随着岁月的流逝，成年人能够全神贯注地观察、感受和聆听的时刻越来越少了。我们太多的人容忍自己俗务缠身，把注意力消耗在无关紧要的细枝末节上，而对周围的世界视而不见，索然无味地打发我们日复一日的时光。

> 真正的天才始终都能保持盎然的兴趣和生动的记忆，就像一个敏感的孩子看到不断扩展的新世界一样。

真正的精神病人可能全神贯注于一件事中，深陷其中不能自拔，难以分辨他沉思冥想的到底是什么。他的病症在于，他在现实世界里无法作出有效的反应。我们正常人按照自己的习惯做事，轻易不为外界所动，能打破我们固有习惯的只有寥寥几件真正惊心动魄的事——对一场发生在我们眼皮底下的大灾难惊慌失措，懒散的漫步被一场胜利大游行挡住了路。它必须是一件我们自己束手无策的事。

对我们无能为力的事情觉得单调乏味是作家的真正危

险。因为我们不是躺在家里积累日常观察所得、鲜活的感受、清新的想法，而是往往要回到生活的素材中，一遍又一遍反复重写我们童年时期或早期生活中的鲜活感受。

重复的原因

每个人都知道，在某种程度上一个作者好像只有一个故事可讲：那些人物可以在不同的书中有不同的名字，他们可以被放置在不同的情景下；他们故事的结局或幸福或不幸。然而每次我们都感到在读一本新书，虽然那个作者所讲述的故事我们早就听过了。不管女主人公叫什么名字，我们都知道雪花会降落并融化在她的睫毛上，或者每一次在森林中漫步时，她的头发都会被树枝挂住。D. H. 劳伦斯的男主人公在情绪激动时说话带有兰开郡口音。斯托姆·詹姆森的男主人公很可能在广告写作中大获成功，而且总是出生于造船世家。凯瑟琳·诺里斯至少每隔一本书就会提到：在阳光灿烂的厨房里有一只蓝色的调味罐——诸如此类，不一而论。

重复使用对我们有情感价值的素材，这种诱惑是如此巨

D. H. 劳伦斯（David Herbert Lawrence，1885—1930），20世纪英国最著名的作家之一，现代主义文学的代表人物。他共创作了10部长篇小说，另外还有大量的短篇小说、诗歌、评论和书信。主要作品有《儿子与情人》（1913）、《虹》（1915）、《恋爱中的女人》（1920）和《查泰莱夫人的情人》（1928）。

大，几乎每个作家都难以抗拒。如果这种重复效果良好，没有理由不这么做。但是通常来说人们还是会怀疑这种重复显得过于随意。如果作家稍微费点事，也许就能够想出对等的描写，同样具有明显的效果，同样会产生情感的共鸣，而不会落入那种老掉牙的俗套。事实上，我们都有这种倾向，会记得我们童年时在清晰温暖的光线下看到的东西；无论何时，当我们想唤回童年生活的回忆时，我们都会重复这些记忆。但是如果我们一次又一次继续使用同样的情节和同样的东西，我们的写作就失去了效果。

再次体验纯真的眼神

完全有可能克服你亟待解决的问题，拒绝让健忘伴着你昏昏度日，虽然在多年沉浸于自己的个人小天地之后，再次将注意力转向外部世界显得更加困难。只是保证你将不再健忘是不够的，虽然每个作家都应该接受亨利·詹姆斯的主

亨利·詹姆斯（Henry James，1843—1916），美国著名小说家和文学评论家，被誉为美国现代小说和小说理论的奠基人。主要作品有《黛西·米勒》（1878）、《女士画像》（1881）及《使节》（1903）等。《小说的艺术》（1885）是其文学评论的经典之作。詹姆斯的小说以其对“国际主题”的关注而特色鲜明，即通过描写生活在欧洲的美国人，刻画天真淳朴的新世界（美国）和经验世故的旧世界（欧洲）的文化与道德冲突。他的作品讲究风格技巧，注重遣词造句，对人物的心理刻画尤为突出，开创了心理现实主义小说的先河。

张，将下面这句话当作严肃的誓言："尽量不要错过任何事。"[①]

为了达到这种希望的状态，每天给你自己设定一段时间。在这段时间内，再次体验用孩子一样"纯真的眼睛"观察世界。每天抽出半个小时，让你自己返回到五岁孩子时的状态，睁大眼睛，充满兴趣地打量这个世界。即使你对这种有意识的做法有点害羞，你会发现，就像你不曾注意过自己的呼吸一样，这样做能够在很短的时间内搜集到大量新的素材。

每天抽出半个小时，让你自己返回到五岁孩子时的状态，睁大眼睛，充满兴趣地打量这个世界。

不要急于使用这些素材，如果你不耐心等待你的无意识将其消化、吸收、积累、加强而产生奇迹，你所得到的也许只是些像新闻一样没有用处的事实细节。记住：在你经过的大街上，让自己像一个陌生人一样睁大眼睛。

大街上的陌生人

你记得第一次看到一个陌生的城镇或陌生的国度时，你的眼神多么急切。在伦敦街头巨大的红色公共汽车横冲直撞，在每一个美国人看来它都走错了方向——不久他就很容易躲避并忽略那些公共汽车了，就像他们避开和忽略纽约的绿色公共汽车一样，不再感到惊奇，就像你每天上班路上都要经过的药店橱窗一样。如果你不这么理所当然，那些药店橱窗，还有你上下班乘坐的公共汽车，拥挤的地铁，都可以

① 见亨利·詹姆斯：《小说的艺术》，麦克米伦公司出版。

显得陌生又新奇，好像柯尔律治笔下《忽必烈汗》中那奇幻的王宫一样。

提醒你自己，在十五分钟的时间内，目光所及，你都要专心致志，并且要描述你看到的每一件事和每一样东西。比如，大街上的车辆：外表是什么颜色？（不仅仅说出绿色还是红色，而要说出是正绿色还是橄榄绿，是猩红色还是褐紫色。）车门入口在什么地方？它有一个售票员和一个司机，还是只有一个司机兼售票员？车的里面是什么颜色？车身、地板、座位还有广告招贴画是什么颜色？座位朝哪个方向？坐在你对面的人是谁？坐在你身边的人穿什么衣服？他们坐着或站着的样子如何？他们在读什么书？他们是否在打瞌睡？你听到了什么声音，闻到了什么味道？你手握扶手是什么感觉？或者从你身边蹭过去的人所穿的大衣是什么料子？过一会儿你就可以暂停一下你这种密切的观察，但是要做好准备，等到场景变化之后再重新开始。

下一次把注意力集中在你对面的人身上。她从哪里来？要到哪里去？从她的面庞、态度和衣着上，你能对她了解多

塞缪尔·泰勒·柯尔律治（Samuel Taylor Coleridge，1772—1834），英国浪漫主义诗人，《忽必烈汗》（1816）是他的代表作之一，是他根据梦中所见写的一个残篇。全诗共54行，充满了奔放不羁的想象力和幽婉浓郁的异国情调，瑰丽而神秘。

少？发挥你的想象力，她的家是什么样？[①]

为了让你一周有一两次用新鲜的眼光看世界的经历，走在陌生的大街上，出去看展览，或者在你不熟悉的城市里找一场电影看，这类做法都是值得的。但是你生活中的任何时刻都可以这么做。就锻炼你的反应能力而言，你度过一天中大部分时间的工作场所和走在一个没有去过的大街上一样有收获，或者收获更大。试着用脱离常规的新奇的眼光看看你的家、家人、朋友、学校或办公室。从那些平时听惯了的声音里，你也许能听出独特的音色；如果你不是病态地过于敏感，还可能出现这样的情况：你可能没有意识到，你最好的朋友喜欢频繁地使用某些词语，如果你写的一个句子里用到了这些词，认识他的人就会看出来你在模仿他。

就锻炼你的反应能力而言，你度过一天中大部分时间的工作场所和走在一个没有去过的大街上一样有收获，或者收获更大。

如果你真想写作，所有这些简单易行的练习都对你大有好处。记住：这个建议的一部分目的是为了让你在交给无意识控制之前，把看到的景象写成确定的文字。找到精确的文字并不总是必要的，但是如果你不用这种方式加以强调，很多可用的素材就会从你的指间溜走。如果你这么想："噢，我肯定会记住它"，到头来你会发现，你只不过是在借故推辞一项艰巨的任务。你的用词一定要出新意，并不只是因为好词难求；坚持不懈地推敲、寻找恰如其分的词，这样在迫切需要之时才会得到表达清晰、用词确切的回报。

① 见"没有写出来的小说"，弗吉尼亚·伍尔芙：《星期一或星期二》。

CHAPTER 11

第十一章 学会重新看世界

美德的奖赏

在你开始用这种方式打量世界后不久，你就会发现清晨的写作比以往更加丰富而美好了。不仅你每天都有新素材，而且会激活你头脑中不易觉察的记忆。每一个新鲜的事实都会带来一连串相关的事情，直达你心灵的深处，释放你的感觉和经历：旧日的欢乐、过往的哀愁、储存在你记忆深处的时光，还有你早已遗忘了的逸闻趣事。

真正的天才拥有永不枯竭的源泉，这就是一个原因。他生活中发生的每一件事都能为他所用。没有经历埋藏得如此之深，致使他难以再次激活；对于他想象力展现的每一种情景，他都能找到一种情节类型。只要不让自己陷入漠不关心和单调乏味的状态，你就能为你的写作激活并再现你生活的方方面面。

真正的天才拥有永不枯竭的源泉，这就是一个原因。他生活中发生的每一件事都能为他所用。

CHAPTER 12

第十二章　原创性的源泉

◇ 难以捉摸的品质

◇ 原创性不是模仿

◇ “令人吃惊的结尾”

◇ 诚实：原创性的源泉

◇ 相信你自己

◇ “你的愤怒和我的愤怒”

◇ 一个故事，多个版本

◇ 你不可剥夺的独特性

◇ 一个问卷

CHAPTER 12

第十二章 原创性的源泉

人们普遍认为，每一个作家必须从自身寻找他的绝大部分素材。这个观点如此普遍，以至于人们读到与此相关的章节时总会发牢骚。然而这个问题必须要写，因为只有彻底弄清楚了这个问题，才能够澄清对究竟什么是“原创性”的误解。

难以捉摸的品质

每一本书、每一位编辑、每一位教师都会告诉你：在创作道路上通往成功的关键是原创性。除此之外，他们很少深入阐发。如果你不断地提问，他们就会举例说某人的作品就具有所要求的“原创性”，而那些漫不经心的例子正是造成年轻作者经常犯错误的原因。“像威廉·福克纳那样要有原创性，”一位编辑会这样说。他的意思是通过这样一个例子来强调他的建议；或者这样说：“看看赛珍珠，如果你能写出这样的作品，给我看！”刚才迫不及待向他提问的初学者对此类建议是非难辨，只好回家，费尽心思要写出一篇被称之为“精彩的福克纳式的故事”，或者“一部完美的赛珍珠式的小说”。

过很长时间会有一次——如果我作为编辑和教师的经验还算可靠的话，要过相当长的时间才有一次——一个作家真的在他模仿的榜样那里找到了一些原创性的品质，他依葫芦画瓢写出一篇像样的故事。但是成百上千的失败者中才会偶尔出这么一个成功的模仿者。我从内心深处希望：套用别人的模式裁剪自己衣服的人都会发现，这样做的结果是彻头彻尾的失败。因为这不是通往原创的道路。

我们每个人能够作的贡献只有一个：能够为人类普遍的经验之池注入我们从各自角度看世界所得到的点滴体会。从某种意义上说，每个人都是独一无二的。

在你的写作生涯中越早明白下面这个道理越好。那就是，我们每个人能够作的贡献只有一个：能够为人类普遍的经验之池注入我们从各自角度看世界所得到的点滴体会。从某种意义上说，每个人都是独一无二的。在那个国家的那个特定的历史时刻，你的父母只生下你一个；没有人的经历恰

赛珍珠（Pearl S. Buck，1892—1973），美国小说家。赛珍珠出生于美国，四个月后，随传教士父母来到中国。赛珍珠17岁回美国攻读心理学，毕业后又回到中国。曾经在金陵大学执教。她先后在清江浦、镇江、宿州、南京、庐山等地生活和工作了37年。

她的主要作品有大地三部曲：《大地》（1930）、《儿子们》（1932）和《分家》（1935），以及《母亲》（1934）等。1932年因小说《大地》，成为第一位获得普利策小说奖的女性。1938年以“对中国农民生活进行了史诗般的描述”获诺贝尔文学奖。

赛珍珠曾为林语堂的成名作《吾国与吾民》作序，她还最早把《水浒》译成英文在西方出版，译名为《四海之内皆兄弟》（1933）。

好和你相同，没有人的结论和你一模一样，没有人面对这个世界的想法和你分毫不差。如果你能够和自己友好相处，能够而且愿意精确地说出你对任何一种情形或一个人的看法，如果你能够讲出一个好像包括地球上所有人在内只有你自己看到的故事，你自然而然地就有了一篇原创作品。

而这一点看起来似乎非常简单，却是一般作家最难做到的。部分原因在于：从读书之日起他就沉溺于别人的写作中，习惯于通过别人的眼睛看这世界，这真令人悲哀。只是由于他想象力丰富且又容易受影响，才会偶尔做一件漂亮事，我们也才能读到一篇几乎接近原创、看起来不错的故事，或者看起来不是那么明显地从别人作品中衍生出来的模本。但是那些理解上的错误，那些对小说人物唐突的描写，其原因大多在于：作者没有透过自己的眼睛观察人物，而是借用福克纳、海明威、D. H. 劳伦斯，或者伍尔芙的方式。

厄内斯特·海明威（1899—1961），美国现代文学史上最重要的小说家之一。著名作品有《太阳照样升起》（1926）、《永别了，武器》（1929）、《丧钟为谁而鸣》（1940）和《老人与海》（1952）等。1954年获诺贝尔文学奖。1961年自杀。

他笔下的人物大多是坚强的硬汉，虽然在生活中受到挫折，精神苦闷，但仍不失勇气、尊严和风度。与作品主题和人物性格相符合，海明威多用简单句，简朴、洗练、直截了当，形成了独树一帜的文风。

原创性不是模仿

那些作家的优点恰恰在于，他们拒绝像他们的模仿者那样谦卑地人云亦云。他们每一个人都有一个自己的视角，都传达出了自己对世界的描写，他们的作品直接来自于没有偏离自我、没有经过扭曲的人格，像所有伟大的作品一样，直率而充满力量。

总有一些德莱塞的模仿者写的、似是而非的、仿冒的德莱塞式的小说，或者生硬的神秘的劳伦斯式的故事，根本没有学到 D. H. 劳伦斯作品的精髓；但是要说服那些缺乏自信的、对大作家充满崇拜的年轻作家，是极其困难的。

“令人吃惊的结尾”

当你安全地绕开模仿的陷阱，就会经常发现：为了努力做到原创，作家已经把他的故事又拉又拽，写成了怪兽模样。比如，他会在危急时刻穿插引起轰动的人或事，把结尾完全倒过来，让一个人物做本不该由他这种性格的人做的

西奥多·德莱塞（Theodore Dreiser，1871—1945），美国小说家。主要作品有《嘉莉妹妹》（1900）、《珍妮姑娘》（1911）、《金融家》（1912）、《巨人》（1914）和《斯多葛》（1947），以及《天才》（1915）和《美国的悲剧》（1925）等。其中《美国的悲剧》是其代表作。他的作品深刻揭示了美国现实，开创了以美国城市现实生活为背景的多卷本小说的先河。

事，这一切都是为了服务“原创”这一上帝。他的故事可能从头到尾充斥着恐怖的场面，或者更罕见的是，作品中的人物克服了一个又一个障碍，仅仅是因为运气好。

如果教师或编辑说这个故事不可信，作者一准会嘴里嘟囔道：“吸血鬼德拉库拉伯爵的故事”，或“凯瑟琳·诺里斯就是这么写的”。如果你告诉他，他也绝对不会相信，他没有达到好故事的最低要求：作为作者他没有真实连贯地表现出，在这个世界里此类事情无论何种情况下都会发生。而他所模仿的作家肯定做到了这一点。

诚实：原创性的源泉

所以，这些故事因为它们不连贯而失败。而这种不连贯是作者通过严格的诚实训练能够控制的，诚实是保持作品连贯性的最好源泉。如果你知道自己喜欢什么，如果你清楚自

吸血鬼德拉库拉伯爵的故事是指爱尔兰作家布拉姆·斯托克（Bram Stoker，1847—1912）于1897年所写的小说《德拉库拉伯爵》。德拉库拉原是特兰西瓦尼亚的伯爵，率兵与土耳其人作战，将新婚妻子留在城堡中。土耳其人为动摇军心，向城中谎称伯爵战死。其妻信以为真，自杀殉情。伯爵战胜归来，痛不欲生。城中教会的人却对他说：夫人是自杀而死，违背教义，故不能得到教会的祝福。伯爵闻之怒火冲天，发誓从此要与教会为敌，于是他就变成了吸血鬼之王。

己对生活中绝大多数主要问题的真正看法，你就能够写出诚实的、原创的并且是独一无二的故事。但是这些仅仅是“如果”，要想找到自己信念的根基，需要艰苦卓绝的挖掘。

通常的情况是：人们往往发现，一个初学者不愿意全神贯注于挖掘自己的思想，因为他对自己思想形成的过程很了解，他知道他今天的信仰不可能持续到明天还不改变。这让他处于一种观望等待的状态，他一直在等待最后智慧的到来。因为这种徘徊等待，他难以专心写作。当这成为一个真正困难的时候，而不简单是（有时候是）找一个神经官能症的借口无限期地推迟写作，一个作家就只能够写出粗略的大纲，写出一半故事却无法保证完成它，而很少能够写得更多了。

如果你知道自己喜欢什么，如果你清楚自己对生活中绝大多数主要问题的真正看法，你就能够写出诚实的、原创的并且是独一无二的故事。

很显然，这种作家需要认识到：他的情况不是孤立的。要让他认识到：我们都需要继续成长，为了能够写下去，我们必须在目前已经建立的信仰的基础上写作。如果你不愿意诚实地写出你的观点，诚实地体现你目前的状态，尽管这也许远远不是你最终的信仰，你可能已经带着你对这个世界的贡献抵达了你的临终之所，就像你二十岁时对宇宙的最终信念一样远未触及，而这世界依然尚未完成。

相信你自己

很多情境下，人们能够发现自己——如果你认真阅读乔治·波尔蒂的《三十六种戏剧情景》，那么就能发现三十六种情景——并不是只有把你的人物放在一个以前做梦也想不到的戏剧情节的中心，才会让你的故事不可抗拒。即使有可能发现这样的情景，那也需要一种几乎令人心碎的伟大技巧才能传达给你的读者。他们还必须在故事中发现一些可以识别的品质，否则的话，只能绝望地茫然不知所云。你的主人公如何面对他的困境，你对那些紧要关口如何认识——这些才是让你的故事真实可信的因素；正是你自己塑造的人物，毫无争议地贯穿于你的作品中，才会把你引向成功或失败。

我几乎愿意这么断言：没有任何场景本身是所谓老套过时的，只有单调乏味、没有想象力、词不达意的作者。如果处于困境中的人物能够发现自我，如果这种困境能够得以充分的展现，那么没有任何一种困境会让他的读者无动于衷。例如，《众生之路》、《克雷亨格》和《人性的枷锁》三部作品

乔治·波尔蒂（Georges Polti，1868—?），法国作家，最为人知的著作是《三十六种戏剧情景》。他总结的三十六种情景包括：1. 哀求；2. 援救；3. 因复仇导致的罪；4. 亲族间的复仇；5. 逃亡；6. 灾祸；7. 厄运；8. 反抗；9. 大胆的企图；10. 诱拐；11. 破解谜团；12. 获取；13. 亲族间的仇恨；14. 亲族间的斗争；15. 奸杀；16. 疯狂；17. 致命的疏忽；18. 无意中因爱犯罪；19. 无意中伤害骨肉；20. 为理想献身；21. 为亲族献身；22. 为激情牺牲；23. 被迫牺牲心爱的人；24. 强者和弱者的较量；25. 通奸；26. 为爱犯罪；27. 发现所爱之人有不名誉的事；28. 爱情的障碍；29. 爱上了仇人；30. 野心；31. 与神的冲突；32. 错误的嫉妒；33. 错误的判断；34. 悔恨；35. 失而复得；36. 失去爱人。

主题相似，我们能说哪一部是陈词滥调、落入俗套呢？

“你的愤怒和我的愤怒”

阿格尼丝·缪尔·麦肯齐在《文学的过程》中说：“你的爱和我的爱，你的愤怒和我的愤怒，相似之处那么多，足以让我们能够以同样的名词称呼它们；但是在我们的经历，以及这个世界上任何两个人的经历中，它们绝不会完全相同。”不仅字面意思如是，艺术的基础和机遇也都如此。再比如，在一本《大西洋月刊》中，刊登了华顿夫人的《一个小说家的自白》：“事实上，只有两项基本法则：其一，小说家应该只处理他力所能及之事，无论字面上或是修辞上（大多数情况下二者是同义词）；其二，一个主题的价值完全取决于作者能够从中发现什么以及他发现的深度。”

“事实上，只有两项基本法则：其一，小说家应该只处理他力所能及之事，无论字面上或是修辞上（大多数情况下二者是同义词）；其二，一个主题的价值完全取决于作者能够从中发现什么以及他发现的深度。”

通过一遍又一遍重温这些语录，你可能会最终相信：赋予你的写作以最终价值的是你的洞察力和真知灼见；只要你

《众生之路》是19世纪英国优秀小说家塞缪尔·巴特勒（Samuel Butler，1835—1902）的代表作。这是一部半自传体小说，讲述主人公欧内斯特的成长经历，揭示了他实现自我、完成道德进化的精神历程。

《克雷亨格》是20世纪初英国现实主义小说家阿诺德·贝内特（Arnold Bennett，1867—1931）的著名作品。小说从主人公埃德温·克雷亨格的角度讲述他与恋人希尔达之间的悲欢离合。故事的主题也是年轻人的成长。

第十二章 原创性的源泉

写作时头脑清晰、思想诚实，就不会落入俗套。

一个故事，多个版本

在我的课堂上，我很早就开始通过直接演示来证明这一点。我要求把故事梗概压缩为摘要性的提纲。在收到的提纲中，我专挑那些“最俗套的”。在一次课堂上，我收到这么一个提纲：“一个娇生惯养的女孩结婚了，她对金钱的态度差点儿毁了她的丈夫。”我承认，当我把这个故事大纲读给班上的学生听的时候，我心存疑虑。我自己只能预见到一种故事发展，一个可能的改动，而这种改动只有那些能够展示其相当复杂的“分离”技巧的人才能做到——那些人指的

《人性的枷锁》(1915) 是英国著名小说家威廉·萨默塞特·毛姆 (William Somerset Maugham，1874—1965) 的代表作。这是一部自传体小说，也是毛姆最受欢迎的作品。小说揭示了主人公在成长过程中所面临的各种束缚人性的枷锁：先天性的缺陷、教育体制、宗教信仰、生理欲望、艺术天赋、经济状况、精神探索等，描写了这些枷锁对人的禁锢，以及摆脱这些枷锁的种种艰难和必由之路。

阿格尼丝·缪尔·麦肯齐 (Agnes Mure MacKenzie，1891—1955)，苏格兰历史学家、文学批评家。主要著作有《莎士比亚戏剧中的女性》(1924)、《英国文艺复兴戏剧欣赏便览》(1926)、《1714 年之前的苏格兰文学史》(1933)、《文学的过程》(1929) 等。

是，当时就能够对这个思路作出迅速反应，然后有意地改变最初的构思，让故事朝相反的方向发展。我给了学生十分钟的写作时间，把那个句子扩展成一两个段落，好像他们要用这个主题写一篇故事一样。结果，班上总共有十二个人，出现了十二种版本，各不相同。其差别之大，即便在一天之内全部读完，任凭哪个编辑也分辨不出这是根据同一个大纲写出的故事。

首先，我们读到了这样一个故事：这个娇生惯养的女孩，因为她是个高尔夫球冠军，自从她出道之日起就到处参加锦标赛，这几乎毁了她的丈夫。还有一个故事讲的是一个政治家的女儿，先是拉拢可能支持她爸爸的人，后来又款待她丈夫的老板，花钱太大手大脚了，致使老板认为他年轻的得力助手对于自己得到提拔太确定了。我们还读到一个故事：一个女孩出嫁之前听人警告说，年轻的妻子太挥霍浪费了，结果呢，她厉行节约，想尽办法紧缩开支，直到她让丈夫失去了耐心。这个故事还没有读到一半，全班就哄堂大笑了。每个人都认识到，她对生活的态度纯粹是她个人的理解，在她看来如此不可避免的做法，在别人眼里却新奇稀罕、难以预料。我希望能够这样总结这件事：我再也没有听到他们有谁抱怨说，她唯一能想到的思路陈腐得没法用，但是的确有这种事。

每个人都有自己要强调的重点，解释造成不同困境的原因，选择各自不同的解决方案。一旦你彻底地相信了这一点，就能产生任何有足够情感价值、能够使你全力以赴的想法，并立即使其为你所用。

事实上，即使是一对双胞胎也不会对同样的故事有完全一样的看法。每个人都有自己要强调的重点，解释造成不同困境的原因，选择各自不同的解决方案。一旦你彻底地相信了这一点，就能产生任何有足够情感价值、能够使你全力以赴的想法，并立即使其为你所用。如果你正在探索要写的主题，可以将此当作金玉良言，简单地说就是："你能够写出任何生动、形象、足以引发你感慨万端之事。"如果一件事对你的吸引力达到了这种程度，说明它对你是有意义的；如果你能够发现其中的意义究竟是什么，你就有了创作故事的基础。

你不可剥夺的独特性

只要不是简单地、直截了当地传递信息——比如一张收据或一个公式，那么每一篇写作都是为了说服人。当你吸引了读者的注意力，你就是在说服你的读者，要他用你的眼睛看世界，要他同意你的看法，同意这是个激动人心的情景，同意这个情景本质上是悲剧，或者另一个故事具有深刻的幽默感。在这个意义上，所有的小说都是说服性的。作者的使命就是，强调所有的对这个世界富于想象力的表现，无论在何种程度上。

因为事实如此，你必须清楚地知道：你打算用在写作中的、生活中的大部分主要问题是什么，次要问题又是什么。

一个问卷

下面是几个问题，用来进行自我检查，可能使你联想到其他问题。这绝不是个面面俱到的问卷，但是当你考虑这些问题的时候，随着你想到的其他问题，你就能够对你的写作哲学有一个非常合理的看法：

你相信上帝吗？什么情景下？（相信哈代的“永恒的命运”，还是威尔斯的“现身的上帝”？）

你相信自由意志，还是宿命论？（虽然艺术家和宿命论者是一对相伴而生的矛盾，想象力会因此跌跌撞撞。）

你喜欢男人吗？女人呢？孩子呢？

你对婚姻怎么看？

你认为浪漫的爱情是陷阱和圈套吗？

你如何看待这一观点：“再过一百年还是老样子”，是深刻还是肤浅？真实还是虚假？

你能想象到的最大的幸福是什么？最大的灾难呢？

诸如此类。如果你发现你在给出那些伟大问题的确切答案时畏缩不前，那么你还没有准备好创作大题材的小说。你必须找到你能够下定决心的主题，作为你写作的基础。最好的书来自最坚强的信念——看任何书架，都能证明此言不虚。

最好的书来自最坚强的信念——看任何书架，都能证明此言不虚。

托马斯·哈代（Thomas Hardy，1840—1928），英国诗人、小说家。哈代的小说创作以家乡为故事背景，最有成就的作品是名为“威塞克斯小说”的一系列小说。主要作品有《远离尘嚣》（1874）、《还乡》（1878）、《卡斯特桥市长》（1886）、《德伯家的苔丝》（1891）和《无名的裘德》（1895）等。

托马斯·哈代作品中的人物虽然可以进行个人与命运的抗争与努力，但往往不能摆脱命运决定论的影响，所以永恒的命运在他的作品中被描述为一种难以逾越和难以解脱的力量。

CHAPTER 13

第十三章　作家的休闲

◇ 文字不放假

◇ 无字的休闲

◇ 找到激励自己的方式

◇ 很多事都能消磨时间

CHAPTER 13

第十三章 作家的休闲

作家在假期里比别的行当的人都更投入。在非工作日，通常会看到他们在角落里读书。如果读书有了挫败感，他们就和其他同行探讨写作。同行之间在一定程度上的探讨是有益的，太多了则是浪费；过多的阅读也确实有害。

作家在假期里比别的行当的人都更投入。

文字不放假

我们所有的人，不管我们是否把写作当成事业，对文字都司空见惯、难以逃避。如果我们一个人待得太久，而且不让看书，很快就会自言自语——行为学家用的术语是“默读”。这是世界上最容易证明的事：让你自己几个小时处于与文字隔离的状态，独自一人，抗拒诱惑，不要拿起任何书本、报纸，或你手头能找到的任何印刷品。当这种紧张情绪袭来的时候，你还要抵御给别人打电话的诱惑——因为你心里肯定会谋划，过几分钟就要读书或说话。在很短的时间内，你就会发现自己在以令人吃惊的频率使用文字：默默地告诉一个熟人你对他的看法，审视内心并对自己提出建议，想要记住一首歌的歌词，认真构思一个故事情节等等。事实上，文字充斥着无字的真空。

那些在自由的日子里从来不写一个字的监狱犯人，一旦手头抓到纸，就会迫不及待地在上面写字。躺在医院病床上的病人，终日不语，拒绝读书，可是数不清有多少书的写作就是这样开始的。最后一个需要举出的例子是，玛格丽特·爱雅·巴恩斯的《优雅年代》。

很久以前，我记得读过这样的故事：在一个强制休息的假期里，当他"正朝大海里扔石子"的时候，威廉·艾伦·怀特的《某富翁》朝他走了过来。一个两岁大的儿童会自己给自己讲故事，一个农民会对他的牛说话。一旦我们学会了运用文字，我们就会一直不停地使用它。

无字的休闲

如果你想激励你自己写作，那就通过无字的方式自娱自乐吧。

结论应该简单明了。如果你想激励你自己写作，那就通过无字的方式自娱自乐吧。不去看戏，不去听交响乐，也不去博物馆，而是长时间独自漫步，或者在大巴上层独自呆坐。如果你有意识地拒绝说话或看书，你会发现这对你大有裨益。

我认识一个非常著名的作家，他常常能够在公园的长椅

玛格丽特·爱雅·巴恩斯（Margaret Ayer Barnes，1886—1967），美国剧作家、小说家。作品有《纯真年代》（1928，根据伊迪丝·华顿的同名小说改编的戏剧）、小说《优雅年代》（1930）、《向西的旅程》（1931）、《智慧之门》（1938）等，其中《优雅年代》获普利策小说奖。

上一天坐上两个小时。他说，有好多年，他都习惯于躺在他家后花园的草地上，凝望天空。但是他家里的人看到他这么安逸地独自待着、无所事事，总是一有机会就来到室外，坐在他身边开心地聊天。这样，他迟早会向他们讲他正在构思的作品。他发现，令他吃惊的是，他一谈完他的构思，那种迫切的、要把故事写下来的冲动随之消失了。现在，带着明确的目的和神秘的沉默，他每天都从家里消失一段时间，每天下午（幸运的是很少有人遇到他）他双手插在口袋里，在公园里盯着鸽子凝神观望。

另一个对音调几乎毫无感觉的作家说，如果她置身于一个正在演奏一首很长的交响乐的音乐厅，她就能完成她构思的任何故事。灯光、音乐，还有她一动不动的身影，会产生一种艺术的迷醉，使她处于梦游状态，直到她双手触摸到键盘，开始奋笔疾书。

威廉·艾伦·怀特（William Allen White，1868—1944），美国历史上最伟大的新闻工作者之一、编辑、作家。他以直率的写作方式对于争议议题做正直的新闻报道，以生动活泼的社论坦率地表达自己的观点，并以此闻名于世。1923年因《致一位焦虑的朋友》获得普利策奖。《某富翁》（1909）是他最受欢迎的小说。其他作品有《真正的问题》（1896）、《编辑和他的人民》（1924）和《变化的西部》（1939）等。在他去世后，为了纪念他的杰出贡献，堪萨斯大学设立怀特新闻学院。

找到激励自己的方式

只需要一个实验，你就会发现，最适合你的休闲方式是什么。但是如果你有一篇作品要完成，那就应该尽量少地迷恋书籍、剧院和电影。

书或戏本身越好，你越应该避开。它们不仅干扰你的注意力，而且会改变你的情绪。结果往往是，让自己受其影响，等你再投入到自己的创作中的时候，你的态度会发生改变。

很多事都能消磨时间

大多数成名的作家都有一些沉默的休闲方式。有一个作家发现，骑马是最好的休闲；另一位女作家承认，无论什么时候，只要她在写小说的过程中遇到了难处，她就站起身，没完没了地玩一种单人纸牌游戏。（我认为这个人是诺里斯夫人，她甚至说过，她把纸牌都翻完了，也不确定能看到老A。）另一个女作家发现，在战争期间她编故事和她织毛线一样快。于是，她把自己变成了沉默的编织者，用很多不同的花样编织一块红色的羊毛方巾。只要她有一个故事在酝酿构思，她就重新编织。钓鱼是一位侦探小说家的最爱，另一位小说家承认，他喜欢一连几个小时毫无目的地削木头。还有一位作家说，她喜欢在织物上刺绣大写字母，手边抓到什

原文 Penelope 来源于希腊语，含义是“织布工”。这里用来借指那位女作家。

么算什么。

只有充满激情的作家会将这些事用一个冠冕堂皇的词称之为“休闲”。但需要注意的是，成功的作家，当他们谈起自己作为一名作家的时候，很少提及自己缩在一个角落里捧一本书看。尽管他们非常喜爱阅读（并且所有的作家都对阅读废寝忘食），他们从长期的经历中明白了这样的道理：正是这些无字的休闲状态，让他们的思想集中于作品的构思。

正是这些无字的休闲状态，让他们的思想集中于作品的构思。

CHAPTER 14

第十四章　练习故事

◇ 要点重述

◇ 风格的影响力

◇ 找到你自己的风格

◇ 萌芽中的故事

◇ 前期准备

◇ 充满信心地写作

◇ 完整的实验

◇ 作品搁置的时候

◇ 批评式的阅读

CHAPTER 14

第十四章 练习故事

要点重述

当你成功地坚持了几周，每天都早起写作，并且坚持进行了第二步，即让自己在规定时间写作的时候，你已经做好了把二者合为一个练习的准备了。你已经处在你可以掌控的范围之内，为进入每一个艺术家都知道的关键步骤做好准备。为什么它一直处于这样一个秘密状态，又为什么几乎每一个作家都要采取不同的形式，这一直都是未解之谜。也许是因为每一个作家都是自己找到了解决办法，所以他们都认识不到，这是他那特殊知识的一部分。但这是另一章的主题。现在该以一种基本的方式，把有意识和无意识的工作合并在一起。

你已经被警告过：在每天早上开始写作之前，不要重读你自己的作品。你的意图是要直接利用无意识，而不是简单地通过联想，用一些有限的想法唤醒它。再者，如果你想找到自己的风格，就必须摆脱身边任何例子的影响。一份报纸、一本小说、别人的演讲，或者甚至于你自己的作品，只要你处于别人的影响下——所有这些都有一种限定性的影响。我们很容易被一套思想束缚，很容易受到我们所阅读的

你的意图是要直接利用无意识，而不是简单地通过联想，用一些有限的想法唤醒它。再者，如果你想找到自己的风格，就必须摆脱身边任何例子的影响。

书本和报纸的影响。

风格的影响力

如果你对此表示严重的怀疑，那么要说明一个人如何受到时下流行的别人风格的影响，也很容易。选择任何一个具有很强烈的节奏感、鲜明的个人风格的作家：狄更斯、萨克雷、吉卜林、海明威、奥尔德斯·赫胥黎、华顿夫人和伍德豪斯——任何一个你喜欢的作家。开始读他的作品，一直读到你觉得有点疲倦，注意力开始分散的时候。放下你正在读的书，随便写点什么。然后拿出你早上写的东西来对比一下。

你会发现二者之间有明显的不同。你已经无意之中按照你所全神贯注阅读的作者的引导改变了你的重点和方向。有

查尔斯·狄更斯（Charles Dickens，1812—1870），英国19世纪最伟大的小说家。作品描写了19世纪英国维多利亚时代社会生活的方方面面。著名小说有《匹克威克外传》(1836—1837)、《雾都孤儿》(1838)、《老古玩店》(1841)、《大卫·科波菲尔》(1850)、《艰难时世》(1854)、《双城记》(1859) 和《远大前程》(1861) 等。

威廉·梅克皮斯·萨克雷（William Makepeace Thackeray，1811—1863），英国19世纪小说家，狄更斯的同代人。代表作《名利场》是一部杰出的讽刺性批判现实主义的小说。

时候你和作者写得非常相似，简直让人觉得目瞪口呆，虽然你绝不是有意模仿——甚至还可能刻意要按照自己的风格写作。我们可以把这个问题留给心理学家去研究，让他们解释为什么会这样。

找到你自己的风格

重要的是发现你自己的风格、自己的节奏，这样你天性中的每一个元素都能对你成为一名作家有所贡献。研究你写的东西，要从中发现一些想法——这次要找的想法相当简单——能够给你提供一个好的明显的思想萌芽，可以让你写出一个短篇小说、一个拉长的逸闻趣事（比如像《纽约客》的风格），或者一篇小散文。如果能发现小说素材是最好的。

你早上写作中的任何东西对你都有真正的价值。其中的主题比优柔造作时写的更可靠。从凌乱的素材中提炼你的思想，认真地对待值得你严肃思考的问题。

拉迪亚德·吉卜林（Rudyard Kipling，1865—1936），英国小说家、诗人。1907 年获得了诺贝尔文学奖。主要作品有诗集《营房谣》（1892）、《七海》（1896），短篇小说集《生命的阻力》（1891）、《丛林之书》（1894—1895），长篇小说有《消失的光芒》（1891）和《基姆》（1901）等。

奥尔德斯·赫胥黎（Aldous Huxley，1894—1963），英国著名作家。共写作了 50 多部小说、诗歌、哲学著作和游记，代表作是长篇科幻小说《美丽新世界》（1932）。

萌芽中的故事

你打算拿它怎么办？记住，你要找的是一个简单的思想——一个你坐下来就能完成的东西。那么在这种情况下，还需要什么？重点是什么？需要人物通过抽象的形式来体现你迷醉状态中的思想吗？是否需要加一些因素使其明白无误，这样不管什么情节冲突都不会使其看似不重要或被忽视？

当你决定了它能够写成什么，以及应该如何利用它写作的时候，下一步就要认真考虑细节了。

前期准备

提醒你，你现在还没有开始写呢。你正在做的工作是前期准备。过一两天，你将全神贯注于这些细节当中。你将理性地分析这些细节，如果必要的话，还要去读些参考书，补充你的事实。然后做梦你都会梦到它。你将把这些人物分开一个一个地思考，再把他们合在一起。你打算为那个故事做一切努力，轮番运用你的理性思考和无意识冥想。

你能找到的、要填充的素材好像没完没了。比如，女主人公长什么样？她是个独生女，还是七个孩子中最大的一个？她接受的教育如何？她工作吗？为了把故事写得栩栩如生，你需要对男主人公，以及任何第二重要的人物也进行一番同样的劳作。再将你的注意力转移到对场景的描写上、对每一个人物的生活背景的关注上，有些人物的生活你也许永远不需要描写，但是对这些生活的了解有助于你把故事写得更可信。[1] 当你以这种方式完成了每一个步骤，要告诉自己："星期三的十点钟我要开始写作。"然后从你头脑中把它忘掉。它会时不时地浮现在你的脑海里。你不必粗暴地拒绝它，但你要排斥它。你还没有做好准备写这个故事，让它再沉淀一下。再等三天不会有坏处，甚至还有好处。不过等到星期三，听到十点的钟声敲响，你要坐下来写作。

充满信心地写作

现在，立即开始写作。就像你自己进行第六章里的时间练习一样，不要找任何借口，拒绝任何怯场的感觉，只是开始写作。如果想不到一个好的开头，就把它放在一边，稍后再写。尽可能快地写，对你自己的写作过程留意的越少越好。尽量轻松而快速地工作，开始和结束一个句子都要清晰有力。要减少重读的次数——只时不时地读一两个句子，以确保你在正确的轨道上。

尽量轻松而快速地工作，开始和结束一个句子都要清晰有力。要减少重读的次数——只时不时地读一两个句子，以确保你在正确的轨道上。

这样你就能训练自己养成良好的职业习惯。打字设备或你写作用的稿纸不应该出现在你沉思冥想的地方，或者你要

① 在他最近的一本书《那是夜莺》中，福特·马多克斯·福特恰恰谈到了这一点，"在我坐下来开始写一部小说之前，我可以——通常情况下我就是这么做的——设计好每一个场景，有时候甚至是每一个对话。但是除非我了解我要写的那个地方的最遥远的历史，我决不会开始动笔。我还必须了解——通过我的个人观察而不是阅读——窗户的形状、门把手的质地、厨房的装潢、衣服的布料、鞋子的皮革、田间劳动的方式，以及汽车票的种类等等。我在书中根本不会用到这些东西。但是如果我不知道他的手指握的是哪种门把手，我如何能——为了我自己满意——让我笔下的人物走出门呢？"这本书关于文学创作过程的描写充满了真知灼见。

解决疑难问题的地方。在你开始写作之前，把故事的第一句话和最后一句话敲定，你会发现这非常有好处。这样你就可以用第一句作为跳板，延伸你的故事；用最后一句作为木筏，引领你向前游的方向。

完整的实验

这个练习必须用一件完成的作品作为结束，不管你要努力写多长。以后你将知道，如何创作不可能一挥而就的作品。最好的做法就是：在你从书桌旁起身之前，趁着写作的热情犹在，找另一件事做。你会发现，如果这么做，你就会像往常一样保持同样的情绪状态，在你写作的间隙，你的写作方式不会出现可以觉察的明显变化。但是这个故事还应该在开始的当天完成。

当你以后读到这一段的时候，不管你是否喜欢，也不管你是否确定，如果你重写一遍，你可能会把故事写得更好；只有你写完了一个故事，这个练习才算做得正确。

写完之后把它放在一边，如果你的好奇心允许的话，就把它搁置两三天。最少的期限是隔夜再读，即放到第二天。

作品搁置的时候

写完之后把它放在一边，如果你的好奇心允许的话，就

福特·马多克斯·福特（Ford Madox Ford，1873—1939），英国小说家、诗人和批评家。最著名的小说是《好兵》（1915），被认为是现代主义小说中的精品。《那是夜莺》出版于1933年，本书出版于1934年，所以作者说《那是夜莺》是福特最近的一本书。

把它搁置两三天。最少的期限是隔夜再读，即放到第二天。在写作完成当天，睡觉之前，你对它的判断毫无意义。换一种心态就会不同于原来的判断。如果你看了一半就觉得不好，你会疲惫不堪、垂头丧气，而且你的疲惫会笼罩在字里行间。重读你自己写的故事，你会认为它无聊之极、不合时宜、平淡无奇之至。即使你后来通过睡眠改变了心境，你对它心怀好感，重读一遍的时候，第一次判断的记忆很可能使你觉得奇怪，搞不清究竟哪个判断正确。如果你写的这个故事被第一个审阅它的编辑拒绝了，你很可能认为这个作品很糟糕，就像你害怕的那样。如此一来，你也许不再想给它第二次机会了。

接下来的阅读你会觉得好像没有最后一丝力气，把故事读完。看到最近的努力成果，依然会被当初写作时的冲动所激励。如果它们已经陷入了判断的失误，如果作品过于冗长或过分紧缩，你仍然对它视而不见。

简单地说，在你刚刚完成故事的时候，你还没有做好准备客观地阅读它。确实，有的作家在一个月内都不能相信自己对自己作品的客观判断。所以，作品写完之后就把它放在一边，把你的注意力转移到别的事情上去。

在你刚刚完成故事的时候，你还没有做好准备客观地阅读它。

现在是阅读你一直以来不让自己读的东西的千载难逢的最佳时机。你的故事已经稳妥可靠地彻底写完了，它会顽强地保持你的个性痕迹，你对其他作家作品的最深的敬仰也不可能威胁到它。如果任何阅读你都觉得劳神，就找点儿轻松的休闲方式来转移自己的注意力。如果你早有安排要休息一阵，那就再好不过了。有些作家会立即产生重新写作的冲动，如果你有此感觉，就投身其中吧。如果你觉得再也不想看到纸和笔了，就沉浸在这种情绪中怡然自得吧。

批评式的阅读

当你彻底放松，重新振作，与自己的作品隔离一段时间之后，把作品拿出来重新读一遍。

当你彻底放松，重新振作，与自己的作品隔离一段时间之后，把作品拿出来重新读一遍。

情况很可能是这样：你会发现你的手稿里有很多你没有意识到会写下来的东西。在你写作的时候好像有什么东西在替你写作。有些你认为对故事进展必不可少的场景根本就没有提及，有些你根本没有打算要写的场景却取而代之。作品中的人物具有一些你几乎认不出来的性格特征。有些话你根本没有想到他们会那样说。有个句子强调的效果特别好，而你原来只认为那是一句很随意的话，但是如果故事要那样发展的话就恰恰需要那种强调。总而言之，你的写作和你原先的意图相比，或有过之，或有不及。你的理性部分对此作用很小，你的无意识则对此贡献良多，比你可能相信的要多。

CHAPTER 15

第十五章　伟大的发现

◇ 写作练习

◇ 天才的根源

◇ 无意识，而不是下意识

◇ 更高级的想象力

◇ 与无意识和睦相处

◇ 艺术的迷醉与作家的魔力

CHAPTER 15

第十五章 伟大的发现

写作练习

现在要做写作练习。在我们做进一步的练习之前，有必要简要重申：你会不断地听到写作艺术的真理，即作家（就像每一位艺术家一样）具有双重人格。在他身上无意识可以自由地流动。他已经把自己训练到这种程度，以至于写作不会使他的体力疲劳，难以达到他想要的效果。

他的才智、评判与辨别意识和无意识所展示的不同作用的能力，使他天性中更为敏感的元素自由地创造出最好的成果。他学会轮流运用他的才智，在写作中，以及后来在考虑创作意识流动期间的所作所为时，发挥不同的作用。他通过不断观察新事物，日复一日，有意识有目的地取代他记忆中形象、感觉和思想储备的流失。理想的状态是，他天性中的这两方面相安共处，和谐地发挥作用；至少他必须能够根据自己的意愿控制任何一面。其中一面必须学会能够信任另一面在它的领域里所起的作用，及其对自己那一面的工作承担起全部的责任。他约束头脑中的每一面发挥各自的功能，绝不允许意识滥用无意识的特权；反之亦然。

> 理想的状态是，他天性中的这两方面相安共处，和谐地发挥作用；至少他必须能够根据自己的意愿控制任何一面。其中一面必须学会能够信任另一面在它的领域里所起的作用，及其对自己那一面的工作承担起全部的责任。

现在我们要更深入探讨无意识的贡献，你刚刚完成的那篇作品就是你的实验样本。如果你按照指示完成练习，可能会预见到故事中的很多地方。如果你没有开始写作就想到并且梦到了那个故事，如果那时你心里想写的时候，没有丝毫犹豫或歉意就立刻投入了写作，那就十分确定：那篇作品完成之后会比你原先预期的更加完整而丰富。故事会更加平衡，比你原先想的可能更为顺畅灵巧。人物会更丰满，刻画技巧更娴熟，语言也更简练，比你完全依靠你的意识进行劳作所取得的效果更好。简而言之，一个同伴已经投入了工作，只是我们目前还几乎没有意识到。你可以称之为更高级的想象力，这就是你自己的天赋。你头脑中富有创造力的方面，或多或少，几乎完全盘踞在无意识之中。

天才的根源

因为天才的根源是无意识，而不是意识。

因为天才的根源是无意识，而不是意识。一份优秀艺术品的诞生并不是靠意识进行评判、平衡、削减，或扩张自己的意图。它的形成和产生都是在意识理性的范畴之外。意识可以做的事情很多，但是它不能提供天才，或才华，即天才的至亲。

无意识，而不是下意识

但是当我们谈论或写到无意识的时候，我们就受到了阻碍，因为我们的头脑并没有被充分开发。更严重的困难以后还会遇到。当我们开始知道弗洛伊德的心理学的时候，不幸的是，我们首先听到的是下意识。弗洛伊德本人在术语中已经纠正了这个错误，现在的经典作品中经常提到的是无意识。

但是对我们大多数人来说，那个不幸的“下”包含了贬义，我们还没有完全摆脱这种想法，即无意识在某种程度上，是我们的意识中比较不受欢迎的部分。迈尔斯在他的著作《人的个性》（每一个有前途的作家都应该读这本书）中有一章讲“天才”，写得十分精彩，但也落入了同样的圈套，不停地说到“下意识地升腾冲击”。

注意：在完整的意义上，无意识既不低于也不少于意识。在范围上，它包括不在我们理性中的一切，它能达到远远高于我们一般智力的极限范围，它在我们头脑的极深处。

在完整的意义上，无意识既不低于也不少于意识。

更高级的想象力

这个需要用较大篇幅来解释的专业术语也不走运。必须相信，无意识能够从一个更高层次带给你帮助，高于你的日常反应。任何艺术必须依靠无意识的更高内容，及其蕴藏的记忆和情感储备。

一个明智的、健全的、有天分的人能够持续不断地依靠和运用这些资源，他与自己天性中所有这些能达到极限的才能和睦相处，而不是以无穷的精力和活力压制来自遥远区域的每一个回声。

一个明智的、健全的、有天分的人能够持续不断地依靠和运用这些资源，他与自己天性中所有这些能达到极限的才能和睦相处，而不是以无穷的精力和活力压制来自遥远区域的每一个回声。

与无意识和睦相处

无意识不应该被认为是一种不稳定的思想状态，就像模

> 无意识是伟大的形式之家，孕育着伟大的艺术形式，它比我们的智力能够更快速地看到形式、类别和目的。

糊的、朦胧的、不确定的、乱七八糟的想法游来游去。相反，有充分的理由相信，无意识是伟大的形式之家，孕育着伟大的艺术形式，它比我们的智力能够更快速地看到形式、类别和目的。这一事实一向如此：你必须全神贯注，否则过分的兴奋会迅速将你带离正确的轨道；你必须一直悉心引导、控制使用无意识提供的素材。但是如果你想写好，就必须与你天性中隐藏在直觉背后的这一巨大而强有力的部分和谐相处。

如果你能够做到，那么写作就不会像刚开始那样劳累而困难。有很多的写作技巧都可以通过学习加以掌握，有很多富于表现力的捷径也可以通过思考来完成。然而总体来说，你构思中的作品形式和主题是由无意识决定的。如果你能够学会依靠它，它还会给你一个好得多的、更有说服力的结尾，前提是你别不停地干涉它的作用过程，别强加给它那些你千辛万苦从讲授小说技巧的书中提炼出来的、套路化的程式，以及自认为更受欢迎、更吸引人、更可信的想法，或费尽气力对作品进行长期研究得出的技巧。

艺术的迷醉与作家的魔力

真正的天才可以终其一生都不曾认识到他是如何写作的。他只知道，有时候必须不计一切代价和后果孑然独处，忍受寂寞；有时候浮想联翩，呆坐终日而无所事事。通常他相信自己的头脑是空空荡荡的。时不时地我们会听说天才们因为感到自己毫无收获而处于绝望的边缘；但是突然沉默期瞬间逝去，他们又到了必须写作的时刻。那种奇怪的、孤独的、与世隔绝的时光被肤浅的观察者称之为“艺术的迷醉”，他们看不出那种无所事事只是一种表面的静止。

有一种因素在起作用，但是它的行动深沉而无语，几乎没有活动的迹象，直到它积蓄力量准备好付诸实施，才为人们的视觉所觉察。艺术家觉得自己必须沉于孤独、遁于休闲、长时间默默无言。这正是人们指责艺术家行为古怪、举止鲁莽的原因，而这也正是天才的表现。如果人们能够认识并容忍这个阶段，它就不会导致破坏性的后果。艺术家总是时常被打上离群索居的标签；那难以名状的天赋总是通过退缩和漠不关心的姿态来表明自己的存在。但是要让这个阶段尽快过去，在一定程度上将其控制是有可能的。能够按照自己的意志引导那种更高级的想象力、那种直觉、那种无意识所能达到的艺术水准——这才是艺术家的魔力所在，也是他唯一的真正的“秘密”。

艺术家觉得自己必须沉于孤独、遁于休闲、长时间默默无言。这正是人们指责艺术家行为古怪、举止鲁莽的原因，而这也正是天才的表现。

CHAPTER 16

第十六章　第三个人，天才

◇ 作家的天性不是双重，而是三重

◇ 神秘的天赋

◇ 释放天才

◇ 节奏、单调、沉默

◇ 要擦的地板

CHAPTER 16

第十六章 第三个人，天才

作家的天性不是双重，而是三重

所以几乎不用感觉我们就可以这样理解：作家的天性不是双重，而是三重。第三个伙伴是——无论其表现是脆弱还是强烈、是持续不断还是间歇性——个人的天赋才能。灵光闪现的真知灼见，具有穿透力的直觉，把普通经历合成为“更高现实的幻象”的想象力——所有这些都是艺术的必备品质，或者在更谦虚的层面上说，所有这些都是表达生活的必备品质，都来自于一个远远超出了我们一直在研究和学习、想要加以控制的领域。

就大多数实用目的而言，把我们的头脑粗略地分为意识和无意识就足够了。即使对大脑的复杂性一无所知也可以安然一生（甚至艺术家的一生也可以如此度过）。然而通过认识你天性中的这第三个组成部分，通过理解它对你写作的重要性，通过学习释放它，克服来自它的障碍，它就可以畅通无阻地流动到你的作品中，你就能最充分地施展你作为作家的才华。

通过认识你天性中的这第三个组成部分，通过理解它对你写作的重要性，通过学习释放它，克服来自它的障碍，它就可以畅通无阻地流动到你的作品中，你就能最充分地施展你作为作家的才华。

神秘的天赋

现在你看到了“天才是教不出来的”这一令人沮丧的断

言背后的基础。在某种程度上，其字面意思当然正确，但其含义几乎完全是误导的。即使尽到所有的努力，你也不能对这种所谓的才能有一丝一毫的增益，但是没有理由说明你为何有此愿望。它根基中最脆弱的部分也比你能够穷尽的丰富。我们不是要增益那种天赋，而是要学会运用它。每一个时期、每一种类型的伟人——他们如此伟大，为了行文简单我们称之为“天才”，天赋存在于他们身上，就好像不需要有别的能力一样——正是那些能够比普通人释放更多的天赋，并在他们的生命及艺术创作中加以运用的人。没有哪个人的天赋是如此贫瘠而不具备一点天才的禀赋，也没有人如此伟大能够将其天赋发挥到极致。

每一个时期、每一种类型的伟人——他们如此伟大，为了行文简单我们称之为“天才”，天赋存在于他们身上，就好像不需要有别的能力一样——正是那些能够比普通人释放更多的天赋，并在他们的生命及艺术创作中加以运用的人。

普通人对他天性中的这一元素害怕、不相信、忽视，或者一无所知。在深沉的情绪中，在危险中，在快乐中，在长期的病痛使身心安歇之时，在我们从睡梦中带回的遥远而模糊的记忆中，或在迷醉的状态下，每个人都和它有过亲密接触。它的痕迹可以在音乐天才的生活中得到最不容置疑的神秘的体现。[1] 然而尽管其神秘而不可思议，它的确存在；与其说它是“一种无限的、艰苦努力的能力”——就像天才的古老定义所言——不如说“灵感就是流汗”；这是一条典型的美国式的定义。传达一个人直觉知识的过程，但凡能够满意地表达一个人的领悟能力，这一过程的获得都可能是无穷无尽的劳作。也许需要经年累月的推敲才能找到准确的语言

① 比如，阅读关于莫扎特生平的任何传记都能找到证据。

表达瞬间的领悟。但是拒绝让天才萌动的劳作是一种误导。当一个人学会释放这种潜能，即使运用得不甚恰当；或者当它能够得到幸运的释放，我们会发现，不但没有必要忧心忡忡、觉得只有通过艰苦卓绝的努力，不惜汗流浃背才能达到效果，相反，一个人会体会到被创作的洪流夹带前行，顺流而下的奇妙经历。

一个人会体会到被创作的洪流夹带前行，顺流而下的奇妙经历。

释放天才

通常这种释放会不期而至、偶然爆发。可能的情况是，一个艺术家借助这一领域的天赋写出一本书、一篇小说，画出一幅画，却从来没有认识到这一点。他甚至可能否认说，任何所谓的天才都是值得怀疑的。他会向你保证，在他的经历中这完全是“进入了创作状态”；但是“进入了创作状态”究竟为何意，他也许永远也无法解释。在那种幸福的状态下，他思路清晰、下笔如神，一气呵成数页优美的文字，远远超出了在平庸状态下写出的任何东西。或者会有这样的人，他坦率地告诉你，在对一个念头苦思冥想了好长时间之后，想得他脑袋都疼了，他觉得走进了死胡同，想不下去了，甚至于纳闷为什么当初会觉得这个念头有吸引力。过了很长一段时间之后，当他一点都不抱指望的时候，那个想法不期而至，神秘莫测，丰富而完整，他所做的只是把它写下来。此类例子层出不穷。

过了很长一段时间之后，当他一点都不抱指望的时候，那个想法不期而至，神秘莫测，丰富而完整，他所做的只是把它写下来。

大多数成功的作家在找到释放天才的方法之前都经历了尝试—失误的过程，他们对此记忆模糊，很少能够给寻找这一秘诀的初学者提供捷径。他们对写作的说法如此千差万别，难怪年轻作家会觉得，在回答什么是真正的文学写作过程时，他的前辈都在搞阴谋诡计，千方百计地欺骗和误导他。

节奏、单调、沉默

我应该说，没有阴谋，有的只是作家之间表现突出的小小嫉妒或私人恩怨。他们会告诉你他们之所能，但是直觉能力越强的艺术家越是不会分析他们的工作方式。在长期的咨询之后，在大量翻阅作家报告之后，可能最终得到的是没有解释，或只是一些简单的个人经验总结。他们一致的说法是，一本书或一个故事的灵感通常是火花一现。在那一刻，很多人物、很多情景，包括故事的结尾和所有的一切——无论是模糊还是清晰——都能预先显现出来。

然后会有一段紧张的思考时间和对那些想法的反复斟酌。对于有些作家，这段时间令人激动不已，他们似乎为眼前的诸多可能性欣喜若狂。后来就是一段安静的时期，每一位活着的作家在那个间歇期都有各自的一些特殊癖好，很少有人注意到，这些业余活动有一些共性。骑马、编织、洗牌、写卡片、散步、削木头等等，它们都有一个共同的特征——也可以说，有三大特点：所有这些活动都是有节奏的、单调的、无字的。这就是关键所在。

在头脑这种表面状态的深层次背后，他几乎意识不到（除非他自己的观察力教会他这样反思）一切活动仍在进行中，他的故事构思仍旧在不停地反复酝酿、拼接融合成一个有机的作品。

换句话说，每一个作家在某种程度上，不管他是长期探索的结果还是纯属运气，都是让自己处于一种轻度的催眠状态。还保持着注意力，但仅仅是保持，对注意力并没有严格的要求。在头脑这种表面状态的深层次背后，他几乎意识不到（除非他自己的观察力教会他这样反思）一切活动仍在进行中，他的故事构思仍旧在不停地反复酝酿、拼接融合成一个有机的作品。

要擦的地板

不需要更多的线索，你就能找到类似的你自己的活动；或者在一些不断重复的习惯中，你会发现一种将来对你有用的业余活动。但是这些偶然发现的、打发时间的方式有一个缺点：积习难返。一旦采用，很少能摆脱。的确，很多作家对那些对自己有用的做法确实达到了一种迷信的程度。

> 很多作家对那些对自己有用的做法确实达到了一种迷信的程度。

"如果我能擦地板，就一切都好。"我的一个学生这样告诉我。她是一位教授夫人，在照顾家人的同时抽出空来学习写作。她发现，在她擦厨房地板的时候，她对作品的酝酿能达到最佳状态。一次很小的成功让她来到市里学习写作，她因而完全相信，只有找回擦地板的那种单调节奏，她才能重新写作。这是一个极端的例子。但是有很多著名的作家也像这位中西部的家庭主妇一样，有着固执而坚定的迷信，尽管他们很少公开承认。确实，绝大多数被偶尔发现的方法都像那位主妇擦地板一样主观、随意、偶然。

有一个办法能缩短那个"孵化潜伏期"并能产生更好的作品。这个办法就是你已经被赋予的作家的魔力。

CHAPTER 17

第十七章　作家的魔力

◇ X 对于头脑就像头脑对于身体

◇ 保持头脑安静

◇ 控制练习

◇ 故事构思逐渐成形

◇ 魔力在运行

◇ 诱发“艺术家的迷醉”

◇ 告别的话

CHAPTER 17

第十七章 作家的魔力

X 对于头脑就像头脑对于身体

为了方便我们假设，我们所有人都被赋予了这种能力，这种天才或大或小，只是程度不同而已。这种天才已经被承认、分析和研究了，而且发现它与头脑的关系就像是头脑之于身体的关系一样。如果“天才”这个词还显得过分夸张，让你不舒服；如果你害怕这个词好像是一种诡计多端的伪装，会让你有挫败感，那就稍微忍受一下吧。我们暂且将这种能力更为策略地称为普通的 X。现在假想 X 就像一个方程式里的一个元素——X 之于头脑就等于头脑之于身体。为了认真地思考，你要把身体挺直；最多让它稍微进行一些轻微的机械活动，就像机器人一样。为了让 X 进行活动，你必须使头脑安静。

你会观察到，这正像那些有节奏的、单调的、无字的活动，有其模糊的目的：它们被用来使头脑就像身体一样处于一种悬置的状态，而此时更高的或者更深层的能力在起作用。到目前为止它们是成功的，它们一遍又一遍地被采纳运用。但是通常来说，它们是尴尬的、不令人满意的，并不总能和想要的结果一致。另外，它们通常比那未知的品质需要

你会观察到，这正像那些有节奏的、单调的、无字的活动，有其模糊的目的：它们被用来使头脑就像身体一样处于一种悬置的状态，而此时更高的或者更深层的能力在起作用。

更多的时间行使它们的功能。所以，如果你足够幸运，作为一名年轻的作家还没有为那个故事的孕育期发现一个固定的模式，你就有机会学习一种更快更好的方式来达到同样的目的。

保持头脑安静

简单地说，就是这样：学习保持头脑安静，像身体一样安静。

有些人非常容易做到这一点，他们竟然不相信有人做不到。如果你属于幸福的那一群人，不用做下面训练你更加专注的练习。你不需要这些练习，它们只会排斥你。当你在书中读到了这一节的时候，合上书本，把书放在手上，闭上眼睛，尽量保持头脑安静，这样持续几秒钟。

你做得到吗？——哪怕只有短短的几秒钟？如果你以前从未这样做过，你也许会惊讶，并慌张地发现你的思维多么忙碌、跳跃和难以停歇。"像只活蹦乱跳的猴子"，一个印度人半是嘲讽半是玩弄地这样说自己的头脑，或者就像圣方济各说他的身体一样，"我的兄弟，像头驴子。"还有一个接受

圣方济各（St. Francis of Assisi，1181—1226），天主教圣人。他以苦修著称，称自己的身体为"驴子"，因为驴子的命运是背着重担走路，被人鞭打，吃最粗糙、最少量的食物。

这个实验的人大声嚷道："它不停地滑动，就像水里的一只虫子！"他对此感到很吃惊。但是经过一点练习，它会为你消停下来。至少它会静止到符合你的要求。

控制练习

最好的训练是一连几天每天重复一次这个过程。只是闭上眼睛，有意识地保持头脑平静，但是不要感到急迫或紧张。每天一次，不要施加压力或试图加强练习。当你开始有所收获的时候，稍微延长头脑安静的时间，但是不要太紧张。

最好的训练是一连几天每天重复一次这个过程。

如果你发现你不容易做到，试试这个方法：挑一个小东西，比如小孩玩的灰色橡皮球。（最好不要挑选颜色明亮或会吸引你注意力的鲜艳的东西。）把球拿在手里，盯着看，把你的注意力集中在一个简单的东西上。只要你的头脑一走神就轻轻地把它拉回来，让它重新安静下来。当你能够做到心无旁骛只想着那个东西的时候，再采取下一步。闭上眼睛，再继续看着那个球，不要想任何事。然后看看你能否不让这个简单的念头溜走。

最好的方法是让你的思想自然地波动，它波动的时候，密切地关注它。这样它就会越来越安静。不要急于求成。即使它不能完全静下来，它也该够安静了。

故事构思逐渐成形

当你能够让头脑静下来的时候，即使安静一点也行，尝试构思一个故事或想象一个人物，让你静止的大脑以它为中你头脑中拘谨晦涩和没有说服力的念头会逐渐成形，并有了色彩；一个傀儡似的人物将会随之有了生命，并活动了起来。不管是否意识到，每一个成功的作家都能召唤这种能力，并将生命的气息注入他的创作。

心进行思考。这样你将会看到几乎不可思议的结果。你头脑中拘谨晦涩和没有说服力的念头会逐渐成形，并有了色彩；一个傀儡似的人物将会随之有了生命，并活动了起来。不管是否意识到，每一个成功的作家都能召唤这种能力，并将生命的气息注入他的创作。

现在你已经做好准备，可以更深度地体验这个过程。

魔力在运行

因为这只是练习（虽然练习中你的想法比你预想的多），你可以机械地完成它。随意选择一个故事思路。如果你不喜欢用自己珍视的情节做这个练习，下面的选择同样有效：用一个你所知道的现实生活中的人物取代一本名著中的人物。比如，如果你的姐姐能取代贝姬·夏泼的角色，《名利场》的故事会如何发展？假定格列佛是个女人，又会怎么样？无

贝姬·夏泼，英国小说家萨克雷代表作《名利场》中的女主角，一个费尽心思想过上流社会生活的女孩。

格列佛，乔纳森·斯威夫特的杰出游记体讽刺小说《格列佛游记》(1726) 的主人公。

乔纳森·斯威夫特（Jonathan Swift，1667—1745）是18世纪英国最杰出的政论家和讽刺小说家。其他作品有《书籍之战》(1704)、《一只澡盆的故事》(1704)、《斯特拉日记》(1710—1713)、《布商的信》(1724) 和《一个小小的建议》(1729) 等。

论这个想法多么模糊无趣或不完整，都没关系。就我们的目的而言，在开始越是觉得不满意，就越能完整地显示出这个方法的有效性。

给这个故事写一个大纲。先确定主要人物，再确定次要人物。尽可能明确你愿意把他们置于何种重要的情景之中，你又愿意带给他们怎样的结局。不必担心把他们带入或带出他们的困境；只要看着他们置身其中，又看着他们如何走出困境。在这里，想想那个圆圈—指环实验（见第四章），看到结尾就足够使这种方法起作用了。以一种愉快的、陶醉的心情把整个故事想一遍，纠正任何明显不合情理的地方，同时提醒自己，如果能够自然地添加一些元素，你想把哪些因素包括进去。

带着你写的那个粗略的大纲和你一起散步吧。走到你稍微觉得有点累的时候为止，然后回到你开始的地方，估算一下你的距离。轻松地掉转方向，不要像运动员一样用力——开始时，比较适宜进行懒散的漫步，后来可以走快些。现在想想你的故事，让自己全神贯注——但是只把它想象成一个故事，而不是想你要如何去写它，或者你要用什么方法达到这样或那样的效果。不要让自己受任何外界的干扰。当你散步一圈，返回你开始的地方，想一下故事的结尾，就好像你读完以后要把它放在一边。

带着你写的那个粗略的大纲和你一起散步吧。

诱发“艺术家的迷醉”

现在洗个澡，仍旧东拉西扯不着边际地想着它，然后走进一个昏暗的房间里。躺下来，可以背部放平。只有当你的姿势让你昏昏欲睡，拉过把宽大的椅子躺上就能睡着的时候，才能换个姿势。不要完全放松。当你选择好一个舒服的姿势，就不要再动了：让你的身体安静下来。然后让你的头脑安静下来。躺在那里，不要睡着，也不要太清醒。

过一会儿——大概二十分钟，或许一个小时，或许两个小时——你会感到一种站起来的冲动，一种力量的冲击。立即奉命照办；你会处于一种轻微的、梦游一样的状态，除了你要写的东西之外，对世界上的所有事情都漠然无视；对整个外部世界充耳不闻，只有你想象的世界栩栩如生、历历在目。站起身来，找到纸，找到打字键盘，开始写作。这一刻你所处的状态就是一个艺术家的工作状态。

告别的话

一部作品写出来有多好取决于你和你的生活：你有多么敏感，多么有辨别能力，你的经验能够多么贴近读者的经历，自己多么透彻地领悟了好作品的要素，以及你的节奏感有多好。

一部作品写出来有多好取决于你和你的生活：你有多么敏感，多么有辨别能力，你的经验能够多么贴近读者的经历，自己多么透彻地领悟了好作品的要素，以及你的节奏感有多好。但是不管有无局限，你会发现，如果你做完这些练习，你就能够按照这个方法写出一篇成形的整体统一的作品。毫无疑问，它会有瑕疵；但你将能够客观地看待它，并且会继续修正这些瑕疵。通过这些练习，你已经得到了很好的指导来运用你自己的天才。你灵巧而健壮，就像一个好的工具。你知道像艺术家一样工作是什么感觉。

现在，去阅读你能够找到的所有的小说写作技巧之类的书吧。你已经能够判断它们，并从中受益。

结论：几点实用的忠告

◇ 打字

◇ 有两台打字设备

◇ 文具

◇ 在书桌前：写作！

◇ 喝咖啡上瘾的人

◇ 咖啡加伴侣

◇ 阅读

◇ 购买书籍和杂志

打字

只要你能够做到，就要学会打字。然后只要有可能，就要学习打字写作。除非你写得既快又清楚，手写稿通常又花时间又浪费精力。但是要确保从手写转换到用机器写的时候，你不会丢掉原有的意思。有些人用机器写的作品，从来达不到随意用手写的作品的品质。

写两个相似的想法，一个用键盘打字，一个用手写，将二者比较一下。如果用键盘打出来的稿子生硬唐突，如果你的想法在用键盘打字时不见了，那就说明你不适合用机器写作。

有两台打字设备

职业作家应该有两台打字机：一台标准的台式机，一台手提设备——最好是无声的那种，两部机器键盘外形要一样。这会让你在任何房间任何闲暇时分或者在旅途中，都能够方便地写作。你还能把一个未完成的作品放在机器里，就像是无声的责备——如果你需要这样做的话。

文具

把文具店一扫而空。市场上有数不清的铅笔，各种颜色和硬度的都有。全部都试一遍；你会找出你用起来顺手的合适的铅笔。对大多数作家来说，中等硬度的铅笔最好：写作的时候不刮纸，也不是特别费力。

试试证券纸和直纹纸——一种柔软光滑的纸。很多初学者使用证券纸是因为他们从来都找不到更光滑的纸，证券纸的颗粒会让他们恼火，感觉像在一只上了彩釉的瓷器上写字一样。

试试在松软的纸上写作，在不同大小的便笺本上、笔记本上写作。在每次短途旅行中，都要带一个笔记本随时准备写作。在长途旅行中带上打字纸和手提式打字机，充分利用你的时间。

不要买分量最重、硬度最高的证券纸来打印定稿。它会使拿去邮寄的包裹显得笨拙沉重，还比便宜的低硬度的纸磨损得更快。"一种上好的书写纸，"你买纸时要这样说。如果店员不能明白你的意思，那就去找一家更好的文具店。

在书桌前：写作！

只要你一坐在机器旁，就要学会尽可能快地进入写作状态；一拿出纸和笔，就要准备写作。

只要你一坐在机器旁，就要学会尽可能快地进入写作状态；一拿出纸和笔，就要准备写作。如果你发现自己坐在那里发呆，或者咬铅笔头，就站起身，走到离机器最远的那个角落里。在你积蓄力量的时候一直站在那里。当你把第一句话想好的时候，再回到你的写作工具那里。如果你在书桌旁能够坚决地拒绝走神，你会得到回报，会发现只要你坐得下来，就会文思泉涌，灵感源源不断地流入你的指端。

如果你不能一气呵成地完成一篇作品，在你起身离开书桌之前，和自己约定一个时间下次继续。你会发现，这种做法就像催眠后的建议一样有效，二者的相似之处很多。你会毫不迟疑地再回到书桌旁工作，你会毫不费力地继续查看同样的笔记。这样，你的故事就不会像一件拼接的棉被那样显示出很多不同的风格。

喝咖啡上瘾的人

如果你有一个难以戒除的习惯，每天早上都把事情推到你喝完咖啡之后，那么就买一只热水瓶，夜里就把它灌满。这会以最漂亮的方式挫败你狡猾的无意识。你就没有理由因为等待你的咖啡烧热而推迟工作了。

咖啡加伴侣

如果你在痛苦的写作过程中需要喝大量的咖啡，试试加兑一半咖啡伴侣，这是一种南美的饮料，很像茶，但是刺激而且无害。可以在任何大型百货商店买到，而且很容易准备。

阅读

如果你正在写一部长篇作品，在完成之前没办法不看书，那一定要保证，选择阅读的书尽量不要和你自己正在写的作品相似：读科技书、历史书，或者最好读其他语种的书。

购买书籍和杂志

定期购买图书和杂志，并且要根据杂志的种类，尽量自己总结出编辑的具体要求。买一本关于小说市场的指导手册；不管什么时候，只要发现编辑需要的稿子和你有兴趣写的作品相似，就赶紧买一本；如果你在自己家附近买不到那本杂志，就赶快邮购一本。

BIBLIOGRAPHY

参考文献

Edith Wharton, *The Writing of Fiction*, Scribner, 1925.

A. Quiller-Couch, *On the Art of Writing*, Putnam, 1916.

A. Quiller-Couch, *On the Art of Reading*, Putnam, 1920.

Percy Lubbock, *The Craft of Fiction*, Scribner, 1921.

E. M. Forster, *Aspects of the Novel*, Harcourt, Brace, 1927.

The Novels of Henry James, Definitive Edition, Scribner, 1917. In particular, see Preface to *The Ivory Tower*.

Graham Wallas, *The Art of Thought*, Harcourt, Brace, 1926.

Mary Austin, *Everyman's Genius*, Bobbs Merrill, 1925.

Thomas Uzzell, *Narrative Technique*, Harcourt, Brace, 1923.

F.W.H. Myers, *Human Personality and its Survival of Bodily Death*, Longmans, Green, 1920. In particular, see the chapter on Genius.

Edith Wharton, "The Confessions of a Novelist." *Atlantic Monthly*, April, 1933.

Percy Marks, *The Craft of Writing*, Harcourt, Brace, 1932.

S. T. Coleridge, *Biographia Literaria*. Various editions.

Conversations of Eckermann with Goethe, tr. by John Oxenford, Dutton, 1931.

Longinus, *On the Sublime*, tr. by W. Rhys Roberts, Macmillan, 1930.

Alexander Pope, *Essay on Criticism*. Various editions.

William Archer, *Play-Making*, Dodd, Mead, 1912.

George Saintsbury, *History of English Prose Rhythm*, Macmillan, 1922.

Charles Williams, *The English Poetic Mind,* Oxford, 1932.

Anonymous, *The Literary Spotlight*, Doran.

24 English Authors, *Mr. Fothergill's Plot*, Oxford, 1931.

Douglas Bement, *Weaving the Short Story,* Richard R. Smith, 1931.

Ford Madox Ford, *It Was the Nightingale,* Lippincott, 1933.

Arnold Bennett, *How to Live on 24 Hours a Day,* Doran, 1910.

T. S. Eliot, *Selected Essays*, Harcourt, Brace, 1932.

Virginia Woolf, *The Common Reader*, Harcourt, Brace, 1925.

Virginia Woolf, *Monday or Tuesday,* Harcourt, Brace, 1921.

The Journals of Katherine Mansfield, edited by J. Middleton Murry, Knopf, 1927.

Storm Jameson, *The Georgian Novel and Mr. Robinson,* Morrow, 1929.

Blanche Colton Williams, *Handbook on Story Writing,* Dodd, Mead, 1930.

Henry Seidel Canby, *Better Writing*, Harcourt, Brace, 1926.

Paul Elmer More, *The Shelburne Essays*, 11 vols., Houghton Mifflin.

Irving Babbitt, *The New Laokoon*, Houghton Mifflin, 1910.

Lafcadio Hearn, *Talks to Writers*, Dodd, Mead, 1920.

And, finally, those who read French will treble the number of these books by the works of Sainte-Beuve, Remy de Gourmont, Gustave Flaubert, the Journals of the brothers Goncourt, Jules Lemaître, Paul Valéry, André Gide (see particularly *Les Faux-Monnayeurs*, or the excellent English translation, published in this country under the title *The Counterfeiters*, Knopf, 1927).

创意写作书系

这是一套广受读者喜爱的写作丛书，系统引进国外创意写作成果，推动本土化发展。它为读者提供了一把通往作家之路的钥匙，帮助读者克服写作障碍，学习写作技巧，规划写作生涯。从开始写，到写得更好，都可以使用这套书。

综合写作		
书名	作者	出版日期
成为作家	多萝西娅・布兰德	2011 年 1 月
一年通往作家路——提高写作技巧的 12 堂课	苏珊・M. 蒂贝尔吉安	2013 年 5 月
创意写作大师课	于尔根・沃尔夫	2013 年 6 月
与逝者协商——布克奖得主玛格丽特・阿特伍德谈写作	玛格丽特・阿特伍德	2019 年 10 月
心灵旷野——活出作家人生	纳塔莉・戈德堡	2018 年 2 月
诗性的寻找——文学作品的创作与欣赏	刁克利	2013 年 10 月
写好前五十页	杰夫・格尔克	2015 年 1 月
从创意到畅销书——修改与自我编辑	詹姆斯・斯科特・贝尔	2016 年 1 月
来稿恕难录用——为什么你总是被退稿	杰西卡・佩奇・莫雷尔	2018 年 1 月
虚构写作		
小说写作教程——虚构文学速成全攻略	杰里・克里弗	2011 年 1 月
开始写吧！——虚构文学创作	雪莉・艾利斯	2011 年 1 月
冲突与悬念——小说创作的要素	詹姆斯・斯科特・贝尔	2014 年 6 月
情节与人物——找到伟大小说的平衡点	杰夫・格尔克	2014 年 6 月
人物与视角——小说创作的要素	奥森・斯科特・卡德	2019 年 3 月
情节线——通过悬念、故事策略与结构吸引你的读者	简・K. 克莱兰	2022 年 3 月
经典人物原型 45 种——创造独特角色的神话模型（第三版）	维多利亚・林恩・施密特	2014 年 6 月
经典情节 20 种（第二版）	罗纳德・B. 托比亚斯	2015 年 4 月
情节！情节！——通过人物、悬念与冲突赋予故事生命力	诺亚・卢克曼	2012 年 7 月
如何创作炫人耳目的对话	詹姆斯・斯科特・贝尔	2016 年 11 月
超级结构——解锁故事能量的钥匙	詹姆斯・斯科特・贝尔	2019 年 6 月
故事工程——掌握成功写作的六大核心技能	拉里・布鲁克斯	2014 年 6 月
故事力学——掌握故事创作的内在动力	拉里・布鲁克斯	2016 年 3 月
畅销书写作技巧	德怀特・V. 斯温	2013 年 1 月
30 天写小说	克里斯・巴蒂	2013 年 5 月
从生活到小说（第二版）	罗宾・赫姆利	2018 年 1 月
小说创作谈	大卫・姚斯	2016 年 11 月
写小说的艺术	安德鲁・考恩	2015 年 10 月
成为小说家	约翰・加德纳	2016 年 11 月
小说的艺术	约翰・加德纳	2021 年 7 月

非虚构写作		
开始写吧！——非虚构文学创作	雪莉·艾利斯	2011 年 1 月
写作法宝——非虚构写作指南	威廉·津瑟	2013 年 9 月
故事技巧——叙事性非虚构文学写作指南	杰克·哈特	2012 年 7 月
光与热——新一代媒体人不可不知的新闻法则	迈克·华莱士	2017 年 3 月
自我与面具——回忆录写作的艺术	玛丽·卡尔	2017 年 10 月
写出心灵深处的故事——非虚构创作指南	李华	2014 年 1 月
写我人生诗	塞琪·科恩	2014 年 10 月
类型及影视写作		
金牌编剧——美剧编剧访谈录	克里斯蒂娜·卡拉斯	2022 年 3 月
开始写吧！——影视剧本创作	雪莉·艾利斯	2012 年 7 月
开始写吧！——科幻、奇幻、惊悚小说创作	劳丽·拉姆森	2016 年 1 月
开始写吧！——推理小说创作	劳丽·拉姆森	2016 年 7 月
弗雷的小说写作坊——悬疑小说创作指导	詹姆斯·N. 弗雷	2015 年 10 月
好剧本如何讲故事	罗伯·托宾	2015 年 3 月
经典电影如何讲故事	许道军	2021 年 5 月
童书写作指南	玛丽·科尔	2018 年 7 月
网络文学创作原理	王祥	2015 年 4 月
写作教学		
小说写作——叙事技巧指南（第十版）	珍妮特·伯罗薇	2021 年 6 月
你的写作教练（第二版）	于尔根·沃尔夫	2014 年 1 月
创意写作教学——实用方法 50 例	伊莱恩·沃尔克	2014 年 3 月
故事工坊（修订版）	许道军	2022 年 1 月
大学创意写作·文学写作篇	葛红兵 许道军	2017 年 4 月
大学创意写作·应用写作篇	葛红兵 许道军	2017 年 10 月
小说创作技能拓展	陈鸣	2016 年 4 月
青少年写作		
会写作的大脑 1——梵高和面包车（修订版）	邦妮·纽鲍尔	2018 年 7 月
会写作的大脑 2——怪物大碰撞（修订版）	邦妮·纽鲍尔	2018 年 7 月
会写作的大脑 3——33 个我（修订版）	邦妮·纽鲍尔	2018 年 7 月
会写作的大脑 4——亲爱的日记（修订版）	邦妮·纽鲍尔	2018 年 7 月
奇妙的创意写作——让你的故事和诗飞起来	卡伦·本基	2019 年 3 月
成为小作家	李君	2020 年 12 月
写作魔法书——让故事飞起来	加尔·卡尔森·莱文	2014 年 6 月
写作魔法书——28 个创意写作练习，让你玩转写作（修订版）	白铅笔	2019 年 6 月
写作大冒险——惊喜不断的创作之旅	凯伦·本克	2018 年 10 月
小作家手册——故事在身边	维多利亚·汉利	2019 年 2 月
北大附中创意写作课	李韧	2020 年 1 月
北大附中说理写作课	李亦辰	2019 年 12 月

精品写作课

作家的诞生——12 位殿堂级作家的写作课

中国人民大学刁克利教授 10 余年研究成果倾力呈现，横跨 2800 年人类文学史，走近 12 位殿堂级写作大师，向经典作家学写作，人人都能成为作家。

荷马：作家第一课，如何处理作品里的时间？

但丁：游历于地狱、炼狱和天堂，如何构建文学的空间？

莎士比亚：如何从小镇少年成长为伟大的作家？

华兹华斯和弗罗斯特：自然与作家如何相互成就？

勃朗特姐妹：怎样利用有限的素材写作？

马克・吐温：作家如何守望故乡，如何珍藏童年，如何书写一个民族的性格和成长？

亨利・詹姆斯：写作与生活的距离，作家要在多大程度上妥协甚至牺牲个人生活？

菲兹杰拉德：作家与时代、与笔下人物之间的关系？

劳伦斯：享有身后名，又不断被诋毁、误解和利用，个人如何表达时代的伤痛？

毛姆：出版商的宠儿，却得不到批评家的肯定。选择经典还是畅销？

作家的诞生
——12位殿堂级作家的写作课

一个故事的诞生——22 堂创意思维写作课

郝景芳和创意写作大师们的写作课，国内外知名作家、写作导师多年创意写作授课经验提炼而成，汇集各路写作大师的写作法宝。它将告诉你，如何从一个种子想法开始，完成一个真正的故事，并让读者沉浸其中，无法自拔。

郝景芳：故事是我们更好地去生活、去理解生活的必需。

故事诞生第一步：激发故事创意的头脑风暴练习。

故事诞生第二步：让你的故事立起来。

故事诞生第三步：用九个句子描述你的故事。

故事诞生第四步：屡试不爽的故事写作法宝。

图书在版编目（CIP）数据

成为作家/（美）布兰德著；刁克利译注．
北京：中国人民大学出版社，2011
（创意写作书系）
ISBN 978-7-300-13031-6

Ⅰ.①成…
Ⅱ.①布…②刁…
Ⅲ.①文学创作-研究
Ⅳ.①I04

中国版本图书馆 CIP 数据核字（2010）第 223871 号

创意写作书系
成为作家
[美] 多萝西娅·布兰德　著
刁克利　译注
Chengwei Zuojia

出版发行	中国人民大学出版社		
社　　址	北京中关村大街 31 号	**邮政编码**	100080
电　　话	010－62511242（总编室）		010－62511770（质管部）
	010－82501766（邮购部）		010－62514148（门市部）
	010－62515195（发行公司）		010－62515275（盗版举报）
网　　址	http://www.crup.com.cn		
经　　销	新华书店		
印　　刷	天津中印联印务有限公司		
规　　格	160 mm×235 mm　16 开本	**版　　次**	2011 年 1 月第 1 版
印　　张	12.25 插页 1	**印　　次**	2023 年 11 月第 20 次印刷
字　　数	91 000	**定　　价**	29.00 元